Le matin où j'aurais dû mourir

Le bruit du monde
68, rue de Rome
13006 Marseille
contact@lebruitdumonde.com

ISBN 978-2-493206-02-2
Dépôt légal : avril 2022

Semezdin Mehmedinović

Le matin où j'aurais dû mourir

Traduit du bosnien par Chloé Billon

Roman

le
bruit
du
monde

1.

MEHMED

Apparemment, c'est ce matin que j'aurais dû mourir.

Je me préparais pour aller au travail, j'étais en train de me doucher, quand j'ai ressenti une douleur sourde et métallique dans la poitrine et la gorge, et un goût de ciment sur la langue. Je suis sorti de la douche avec une sensation d'indicible fatigue, et j'ai enfilé mon peignoir sans me sécher. Sanja était déjà prête à sortir de l'appartement, elle partait travailler, quand elle m'a aperçu par la porte ouverte de la salle de bains. Je lui ai dit que je ne me sentais pas bien, que j'allais me remettre un peu au lit, la fatigue n'allait pas tarder à passer, elle pouvait sans problème y aller.

Elle est restée. Humide, les cheveux mouillés, emmitouflé dans mon peignoir, je me suis étendu sur le lit. Je me sentais de plus en plus mal. Elle m'a apporté un thé froid, que j'ai bu, ça ne m'a rien fait, alors, en dernier recours, elle a appelé le Samu. Ensuite, impatiente, elle est allée scruter la rue par la fenêtre, guettant l'ambulance. Je n'avais pas la force de me tourner sur l'autre flanc, pour la voir à son poste d'observation. Je fixais le canapé sur lequel elle avait été assise. Soudain, je me suis senti vulnérable, parce qu'elle n'était pas là où elle était quelques instants seulement auparavant. Puis j'ai regardé la photographie au mur au-dessus du canapé :

Lhassa. Tôt le matin. Un jeune moine bouddhiste vient de sortir par la haute porte en bois d'une maison en pierre, et il descend à présent une étroite ruelle pavée, devant lui un ruban de brume matinale. Un petit nuage blanc. Comme un fantôme auquel le moine en robe rouge emboîterait le pas. Je suis du regard le nuage blanc au-dessus de la venelle tibétaine.

Dans mon dos, Sanja a dit : « Ils sont là. » Puis elle est revenue dans mon champ de vision. Elle a ouvert la porte, elle scrutait le couloir, inquiète, se retournait de temps en temps vers moi. Ensuite, des inconnus du Samu ont investi notre chambre, et se sont prestement assis autour de moi sur le lit. Je n'avais jamais vécu une intrusion si brutale dans mon intimité. Parfaitement à l'aise, sûrs d'eux, ils inspectaient la pièce où ils étaient arrivés, ils m'inspectaient moi, vantaient les motifs à fleurs du couvre-lit sur lequel j'étais allongé, des inconnus dans ma chambre. Une jeune fille en uniforme bleu, qui venait d'ouvrir mon peignoir, si bien que j'étais nu devant tout le monde, a demandé :

« Monsieur, quel âge avez-vous ?

– Cinquante ans. »

*

Une fois passé le choc initial, le calme s'est installé.

Je regardais tout autour de moi sans émotions, c'est-à-dire sans peur. Et maintenant que c'est fini, je me souviens de ces événements comme si j'avais été un spectateur extérieur, comme si ma conscience s'était détachée de mon corps et avait observé ce qui m'arrivait presque avec indifférence.

Le choc n'a pas eu lieu quand la jeune fille en uniforme bleu s'est écriée : « Monsieur, vous êtes en train de faire une crise cardiaque ! » Là, j'ai ressenti de l'apaisement. Parce que ma conscience a pris le pas sur mes émotions. Dans les films, quand ils mettent en scène un état limite comme celui-ci, ils coupent souvent le son de l'image, et parfois, ils ajoutent même un ralenti. C'est le rendu mécanique de la conscience à l'œuvre.

La conscience se comporte comme l'objectif froid de la caméra.

Ici, le choc a eu lieu à l'arrivée de l'ambulance, et surtout quand ce groupe d'inconnus a investi ma chambre. C'est le genre d'accidents qui arrive aux autres, pas à moi, et c'est quelque chose que je redoute, dont j'ai une peur innée. Dans ce cas précis, la peur de la maladie se manifeste par la peur des médecins et de l'hôpital. Je n'allais jamais à l'hôpital, même pas pour rendre visite à quelqu'un. Et voilà que cette jeune fille en uniforme bleu s'est penchée sur moi dans mon lit, et a dit :

« Vous êtes en train de faire une crise cardiaque ! »

Ma première pensée est : elle se trompe, ce n'est pas le cœur. Puis je me dis : j'ai déjà vu cette fille quelque part. J'essaie de me rappeler où, mais il y a déjà au-dessus de moi une multitude de bras, ils me branchent à des fils, me déplacent à gauche, à droite, me déconcentrent : je n'arrive pas à me souvenir d'où je connais cette fille. Sous sa blouse bleue, je discerne les contours de ses seins, mais je ne les identifie pas comme un attribut sexuel. Elle me regarde d'un air inquiet, comme si elle me reprochait quelque chose.

Une autre illusion d'optique : les corps de tous ces gens autour de moi sont gigantesques, alors que le mien, lui, a rapetissé. Qu'est-ce que je ressens ? De la fatigue. La fatigue de cette pression dans la poitrine qui me coupe le souffle, et qui s'est confondue avec la fatigue de vivre. Et je pense : donc, c'est ça? c'est donc ça, la mort? C'est à cet instant, en réalité, que je commence à voir la scène non seulement comme un acteur, mais également comme un spectateur extérieur. Et je me dis : tout va bien, ça va passer, je suis fatigué, je veux juste fermer les yeux et ne pas me souvenir. Je veux juste que ça s'arrête.

J'ai déjà trop vécu, de toute façon.

*

Sur la route de l'hôpital, couché dans l'ambulance, les genoux comprimés par la lourde bouteille d'oxygène, je regardais passer les nuages, les panneaux de signalisation verts auxquels je n'avais jusqu'alors prêté attention que lorsque j'étais au volant. Par la porte de l'ambulance, après un ralentissement, j'ai aperçu sur la façade d'un bâtiment en brique l'enseigne «LIBERATION BOOKS». Je n'avais jusqu'alors vu cette inscription que sur une photo d'Harun. Et ensuite, quand nous avions voulu y aller ensemble pour regarder des livres, nous n'avions pas réussi à retrouver l'adresse. Il se souvenait que c'était quelque part près de l'intersection des rues King et Henry. Il n'y a pas d'informations concernant cette librairie sur Internet. La semaine dernière, j'ai à nouveau cherché en vain cette adresse, et à présent, je regarde la jeune fille en uniforme bleu se pencher sur moi pour repositionner mon appuie-tête, et je me dis que j'aurais l'air bête de lui demander :

«Excusez-moi, on est dans quelle rue?»

Comme si j'allais avoir l'occasion de retrouver Liberation Books… Les livres exercent tout de même un certain pouvoir sur moi. Sinon, je n'aurais pas, pendant ce trajet dramatique vers l'hôpital, accordé d'attention à l'enseigne « LIBERATION BOOKS ». À moins que ma conscience ne se concentre sur n'importe quoi d'autre, juste pour oublier cette douleur dans ma poitrine ? Le jeune homme assis à mes pieds bouge régulièrement la bouteille d'oxygène métallique étendue sur mes jambes. Il la bouge de telle sorte que le métal froid exerce une pression désagréable sur mon genou, ce qui devient provisoirement la douleur dominante dans mon corps. Ce pourquoi je ressens une rage sourde envers ce jeune homme qui, peut-être, m'érafle intentionnellement les genoux avec la lourde bonbonne d'oxygène, dans le but de détourner mon attention de mon cœur en l'attirant sur un autre problème.

Puis mon regard s'est arrêté sur les frondaisons des arbres au bord de la route. Les feuilles étaient brun-rouge, prêtes à tomber. À l'automne, ici, les feuilles prennent des couleurs si vives, si ensoleillées, que même par temps couvert, on a le sentiment d'un surcroît de lumière. Ce matin-là était-il ensoleillé ? Ou ai-je eu, à cause des nuances de la végétation, l'illusion du soleil ? L'idée de mourir dans un environnement où les feuilles des arbres tombent chaque année m'a toujours dérangé. Il y a quelque chose de peu crédible, de « téléphoné » là-dedans.

Mourir en automne est indécent, en quelque sorte.

C'est kitsch de mourir en automne, en même temps que tout le reste. Que les feuilles.

*

L'ambulance s'arrête devant l'hôpital. Sur le parking, la première image que j'aperçois de ma position horizontale est la suivante : une jeune fille en maillot rouge de l'équipe de hockey Washington Capitals marche entre les voitures, en direction du bâtiment, et regarde quelque part en haut, vers une fenêtre, ou vers un nuage.

J'ai déjà été sur ce parking, une seule fois, quand la femme du poète F. venait d'accoucher de leur petite fille. Ce jour-là, je me souviens, il avait acheté une nouvelle Toyota Camry, et m'avait demandé :

« Tu veux la conduire ?

– Oui. »

Et j'avais fait un tour sur le parking. C'était il y a dix ans. Aujourd'hui encore, je me rappelle cette odeur de voiture neuve.

Dans l'air froid de novembre, le masque à oxygène commence à s'embuer.

À l'entrée de l'hôpital, je suis accueilli par un chœur d'internes souriants. À ma droite, une aide-soignante peine à trouver la veine sur mon bras, et me fait une prise de sang. Deux jeunes filles en blouse verte à ma gauche m'examinent et s'extasient devant les motifs du dessus-de-lit dans lequel je suis enroulé. Pendant ce temps, je regarde Sanja au bout du couloir, un homme (un médecin ?) avec des papiers dans les mains est en train de lui parler, elle l'écoute avec attention, puis se met à pleurer.

À présent, ce même homme se penche sur moi, me prend le pouls de ses doigts froids, et demande :

« Vous avez quel âge ?

– Cinquante ans. »

*

Je veux juste faire un bref retour dans mon appartement :

Quelle est la réponse à la question : qui suis-je ? tandis que des étrangers m'examinent, nu, dans ma propre chambre. Et qu'il y a parmi eux cette fille, que j'ai déjà vue quelque part. Ce qui me remplit de gêne, et d'une honte larvée, n'est pas la proximité de la mort, mais la prise de conscience que mon corps, en cet instant précis, est un objet sans aura. Ma corporéité est dénuée de sexualité.

Par ailleurs, l'aisance avec laquelle des inconnus déplacent ce corps dans l'espace donne l'impression qu'il a perdu tout son poids, que j'ai littéralement rétréci. À l'instant même où je suis réduit à mon corps (en tant que seul signe qui reste), j'ai la pleine sensation de ma propre désincarnation. Je ne suis que ce qu'il reste de moi, telle une dépouille vivante, tandis que je gis en peignoir, sous lequel je suis nu.

*

Tout ce que je sais du corps, je le sais en tant que poète, et encore, c'est une connaissance pour le moins sélective, je me limite aux caractéristiques par lesquelles le corps montre ses avantages et sa force, pas sa faiblesse et ses carences.

Des maladies du corps, en vérité, je ne sais rien.

La conscience tire des conclusions logiques sur la base des informations dont elle dispose, et quand la crise est survenue, alors que j'étais sous la douche dans la salle de bains, j'ai immédiatement associé la douleur dans ma poitrine et le goût métallique à un texte que j'avais lu l'été précédent dans *Vanity Fair*. Il relate la crise vécue (après qu'on lui a diagnostiqué un cancer) par l'auteur du texte (Christopher Hitchens), et dans cette description, il dit avoir ressenti une douleur dans la poitrine et dans le cou, avoir ressenti quelque chose comme du ciment en train de sécher lentement dans sa poitrine (je le cite de mémoire, mais je crois que c'est littéralement par ces mots qu'il a décrit son état, qui est à présent aussi le mien). Et quand je suis sorti de la douche, et que la douleur dans ma poitrine s'est intensifiée, j'étais persuadé que j'avais un cancer.

Ensuite, donc, l'ambulance est arrivée, et la jeune fille (le médecin en uniforme bleu) s'est penchée sur moi et a dit : « Monsieur, vous êtes en train de faire une crise cardiaque ! » Et ma première pensée a été : « Non, ma petite, ça ne peut pas être le cœur. » Ma conscience s'était si fermement convaincue que mes symptômes ressemblaient à la description de la crise d'Hitchens que j'accordais plus de crédit à son récit qu'au diagnostic officiel. Quoi qu'il en soit, à un moment, j'ai pensé :

« C'est trop drôle ! Je meurs en pensant à Christopher Hitchens ! »

De fait, c'est vraiment drôle : ma réalité, en cet instant si crucial, est expliquée par un éditorialiste de *Vanity Fair*, qui ne sait même pas que j'existe, et qui ne peut donc pas savoir non plus que je suis, potentiellement, en train de cesser d'exister.

*

« Quel âge avez-vous ?

– Cinquante ans. »

C'est un dialogue qui, aujourd'hui, se répète à l'infini.

Mon âge est une information importante pour les médecins. J'ai le sentiment que c'est, de cette manière, la première fois – de toute ma longue vie – que l'on mesure correctement mon temps. C'est ainsi que se sont évanouies aujourd'hui toutes mes illusions sur ma jeunesse. Nous rationalisons notre sensation du temps, mais en dehors des conventions calendaires, nous n'en sommes pas conscients. Parce que « dans notre tête », nous restons les mêmes. « Dans ma tête », je suis la même personne que celle que j'étais à vingt ans. C'est le cas, sans doute, pour tous les êtres humains, c'est une caractéristique de notre espèce. C'est notre manière de nous prémunir contre la mort. Les cultures occidentales voient l'homme dans son asymétrie et sa disharmonie, parce qu'elles distinguent le corps qui vieillit de l'âme qui ne vieillit pas. À part, peut-être, chez Dostoïevski.

*

Réduit à mon corps, allongé sur la table d'opération, je n'ai pas cessé de communiquer, du regard et par échanges laconiques, avec les diverses personnes qui travaillaient à me ranimer. Entre ceux qui s'occupaient des préparatifs de l'opération et ceux qui y participaient, ça fait étonnamment beaucoup de gens. Ils initiaient tous la discussion avec le mourant, et j'en ai retiré l'impression que le corps (à savoir : moi), même sur une table d'opération, ne fournit pas beaucoup d'informations. Outre mon nom imprononçable, la seule donnée dont ils disposaient sur moi était ce dessus-de-lit aux motifs floraux à la Paul Gauguin dans lequel j'étais arrivé, tous faisaient des commentaires à son sujet, s'intéressaient aux origines culturelles du dessin sur le tissu, sans doute convaincus que le plaid avait les mêmes racines que moi.

À un moment, seulement, le médecin qui devait m'opérer, ne sachant comment prononcer mon nom compliqué, s'est approché de mon visage, et m'a expliqué, l'air légèrement effrayé, qu'il devait communiquer avec moi pendant l'opération, et qu'il avait besoin pour cette communication d'un prénom à qui s'adresser. Il m'a dit :

« Je vais vous appeler Mehmed. C'est bon pour vous ? »

Pour ce qui est du dessus-de-lit, je ne sais pas quelles sont ses origines précises, à part qu'il vient d'un pays sud-américain. Peut-être précisément du même pays que ce membre du personnel hospitalier qui me parle, s'intéressant au couvre-lit. Dans tous les cas, ces gens sont très sensibles à mes racines, même s'ils ne me demandent pas d'où je viens, pas plus, je suppose, qu'ils ne le savent. Ils déduisent juste de mon accent que je suis étranger.

Cela signifie-t-il qu'il y a chez tous les hommes une sorte d'inquiétude à l'idée de mourir dans un monde lointain et étranger, qui n'est pas le tien, un monde où tu n'es pas chez toi ?

*

C'est la première fois que je vois mes entrailles : à gauche de la table se trouve un écran sur lequel est projetée une image de mes artères coronaires. Et ce que je vois rappelle une plante en train de se ramifier. Une petite branche toute mince, quasiment transparente, a commencé à pousser, à s'allonger. À l'origine de cette croissance, une intervention délicate, inconnue de moi, à laquelle le médecin a procédé sur mon artère obstruée, en expulsant le caillot pour permettre la circulation naturelle du sang. À cet instant, j'ai ressenti un soulagement indescriptible. Il répète la même procédure pour mon autre artère : je regarde la branche pousser sous mes yeux.

Et c'est tout. La douleur dans ma gorge et la pression dans ma poitrine ont disparu. L'instant où j'ai pu à nouveau respirer librement a été si rafraîchissant que la fatigue s'est complètement évaporée de mon corps. Ce pourquoi j'ai ressenti le besoin de me redresser, de descendre de la table d'opération et de faire quelques pas.

Plein d'oxygène.

La salle s'était étrangement vidée, je suis resté seul un court instant, et j'entendais un bourdonnement, mais j'ignorais quelle était la source du bruit. Une machine ? Ou une mouche égarée ?

Puis la pièce s'est à nouveau remplie de voix humaines. Aucune d'entre elles ne s'adressait à moi. Elles commentaient l'épisode de la veille d'une série télé populaire. En riant. Une jeune femme, afro-américaine, s'est penchée sur moi et m'a demandé : « Tu veux que je t'apporte un peu d'eau ? » J'ai répondu : « Oui. »

Quelqu'un d'autre dans la salle raconte qu'il a passé ce matin-là une demi-heure dans un ascenseur bloqué. Les réparateurs ont fini par arriver, et quand ils l'ont libéré, il s'est senti, dit-il, « comme un mineur chilien qu'on aurait enfin remonté à la surface ».

Je bois de l'eau dans un verre en plastique. Et je ne me rappelle pas quand j'ai pour la dernière fois été si conscient du goût de l'eau douce du robinet.

*

Je quitte la salle d'opération, allongé sur un étroit brancard, et prends l'ascenseur pour gagner ma chambre. Avec moi, deux jeunes gens en blouse d'hôpital, ils ne sont pas pressés, ils discutent, plaisantent, et oublient facilement ma présence. Si ça se trouve, ils sont amants. À leurs côtés, je sens mon corps reprendre ses caractéristiques premières. Quand nous sommes entrés dans l'ascenseur, il s'est avéré que ma taille, en position horizontale, était telle qu'ils ont eu du mal à me faire tenir dans cette boîte ambulante. Et quand les portes se sont refermées, j'ai senti qu'elles frottaient mes pieds au passage.

Tous les gens que je croise aujourd'hui s'évanouissent. Ils disparaissent avant que j'aie eu le temps de leur dire au revoir. Ces deux jeunes amants qui roucoulaient et gloussaient dans l'ascenseur, en m'emmenant des étages inférieurs aux étages supérieurs, sont partis eux aussi, sans que je remarque le moment de leur départ.

Dans ma chambre d'hôpital, une nouvelle infirmière m'a installé sur mon lit, et m'a dit :

« Joli dessus-de-lit. »

J'ai dit qu'il venait de chez moi. Elle m'a expliqué que je pouvais bien entendu le garder ici ; elle est peut-être convaincue que j'ai une attache enfantine à ce couvre-lit.

Puis j'ai appelé Sanja, qui s'était perdue quelque part dans l'architecture déprimante des couloirs d'hôpital.

*

Si l'on fait le bilan du mardi 2 novembre 2010, voilà ce qui m'est arrivé :

J'ai fait une crise cardiaque en me préparant pour aller au travail.

J'étais sous la douche quand j'ai ressenti une pression sourde et métallique dans la poitrine et la gorge, et quand, peu après, l'ambulance est arrivée, la jeune fille qui m'a examiné m'a dit ouvertement et sans détour : « Vous êtes en train de faire une crise cardiaque. » Sous le masque à oxygène, je regardais Sanja sur le canapé en face du lit où je gisais entouré d'étrangers. Son visage était déformé par la peur. Ils m'ont fait sortir en hâte, avec le dessus-de-lit sur lequel j'étais allongé, emmené à l'hôpital, puis j'ai été opéré. Et une fois qu'ils ont eu posé des stents dans mes artères obstruées, on m'a installé dans une chambre d'hôpital. Le tout a duré un peu plus de trois heures, mais dans ce laps de temps, mon monde, et moi avec, a radicalement changé.

Après l'opération, le médecin est allé chercher Sanja, mais elle n'était pas dans la salle d'attente. Une fois installé dans ma chambre, je l'ai appelée au téléphone. Elle a répondu, elle arrivait. Elle est entrée dans la chambre, blême, le visage gonflé de pleurs. Ce visage trahit une joie incontrôlable et la tristesse absolue qui l'a complètement envahie. Quelque chose s'est brisé en elle. Elle a l'envie irrépressible de me prendre dans ses bras, mais elle n'ose pas, de peur de me blesser. Je l'ai invitée à s'asseoir sur le lit, à côté de moi.

« Où est-ce que tu étais ?

– Devant l'hôpital.

– Il fait froid dehors, et tu n'es pas très habillée... » Ce matin – ce n'est que maintenant que je le remarque – elle n'a, dans sa hâte, enfilé qu'un petit pull sur son tee-shirt.

« Je n'avais pas le courage d'attendre.

– Qu'est-ce que tu veux dire... ?

– J'avais peur que le docteur vienne m'annoncer...

– T'annoncer quoi ?

– ... que tu étais mort.

– Hé, on n'en est pas encore là.

– Quand j'ai dû leur donner l'autorisation de t'opérer, ils m'ont demandé si je voulais qu'ils fassent venir un pasteur.

– Et qu'est-ce que tu as répondu ?

– Je leur ai dit que c'était inutile, que tu n'allais pas mourir.

– Tu ne leur as pas dit qu'aucun curé ne pouvait me réconcilier avec Dieu… ?

– Non.

– C'est ça que tu aurais dû leur dire !» je lance pour plaisanter.

Elle se met, genre, en colère (il y a des gens qui meurent ici, et monsieur fait de l'humour !), puis, de sa paume ouverte, me donne un coup léger sur la poitrine, avant de se souvenir de mon cœur, elle sursaute, peut-être qu'elle m'a fait mal oh ho ho ho elle agite les mains dans l'air au-dessus de moi ohhoooo. Et nous éclatons de rire.

Le reste de la journée, je me suis senti plutôt bien.

À présent, je suis seul dans la chambre, et voilà ce que je pense de tout ça :

Bien entendu que j'ai réfléchi, et construit pendant toutes ces années un rapport à ma mort, mais je ne m'étais pas attendu à ce qu'elle puisse survenir des suites d'une faiblesse du cœur. Tous les autres organes pouvaient me faire défaut, mais mon cœur était au-dessus de tout soupçon, il était là, croyais-je, pour battre pour moi, aussi longtemps qu'il le faudrait.

*

J'appelle Harun. Il est à Saint-Louis. À l'aéroport.

« Il te reste combien de temps avant ton vol ?

– Six heures. »

À minuit, le 31 janvier 1996, sur le chemin de Zagreb à Phoenix, Arizona, pendant notre périple d'émigrants aux États-Unis, nous étions à l'aéroport de Saint-Louis.

Nous changions d'avion.

Je me souviens de l'enfilade de sièges en cuir gris dans la salle d'attente, et des voyageurs de minuit en Stetson. Il y avait à l'époque, à côté des fauteuils, des cendriers juchés sur de hauts pieds, et l'air renfermé sentait le Jack Daniel's. Ces cendriers ont certainement disparu entre-temps. Et maintenant, tandis que je parle avec lui, je me rappelle une photo de ce voyage. On le voit dormir, la tête entre ses bras posés sur la table du café de l'aéroport. Il avait alors treize ans. J'en avais trente-cinq. Il a aujourd'hui vingt-huit ans. Presque autant que moi ce minuit-là, où nous attendions fatigués l'avion pour Phoenix. Combien de temps s'est-il écoulé depuis ? Quinze ans.

« Je suis désolé, fiston.

– Désolé de quoi ?

– Que tu doives attendre si longtemps.

– C'est toi qui me consoles, comme si c'était mon cœur qu'on avait raccommodé. »

Cette métaphore textile, « raccommodé », m'a surpris. Tandis que j'y réfléchis, la langue devient l'unique réalité, je sens que chaque contact physique est indolore, et c'est une belle illusion.

*

Je me sens vraiment bien, je me laisse emporter et j'oublie facilement qu'on m'a « raccommodé le cœur ». À part une légère douleur, à l'aine là où l'on m'a ouvert l'artère, dans cette zone tendre entre le sexe et la cuisse…

Pendant que j'étais allongé sur la table d'opération, à un moment, j'ai pris conscience de ça, qu'on me passait un rasoir sur l'aine. Un contact froid et pour le moins désagréable. Sur le moment, je n'ai pas compris ce qu'ils faisaient. Si c'est mon cœur le problème, me disais-je, pourquoi est-ce qu'ils me rasent les poils du sexe ?

La lame de rasoir glissait froidement sur ma peau. Et soudain a surgi dans ma conscience l'image d'un condamné à mort, lors de la préparation matinale pour la chaise électrique.

*

Et aussi : Sanja a décrété aujourd'hui que c'était fini. Plus de cigarettes.

« Si tu veux vivre, a-t-elle dit, alors tu dois arrêter. »

Et il était temps.

« Il y a un mec de chez nous qui est médecin dans le Kentucky. J'ai entendu cette histoire aujourd'hui. Il a fait une crise cardiaque, comme toi, et pendant qu'il était à l'hôpital, il demandait à sa femme de se garer derrière le bâtiment. Puis il sortait pour fumer en cachette dans la voiture. Tu te rends compte ! Un médecin. La malheureuse a refusé de lui apporter des cigarettes, elle l'a même dénoncé à ses confrères médecins. »

Aux États-Unis, tout est une incitation à arrêter de fumer. De tous les peuples de la planète, ce sont les plus rétifs à l'addiction au tabac. Pourtant, l'une des plus belles phrases sur la cigarette et sur la dépendance qu'elle suscite a été écrite par un Américain, Laird Hunt : « Quand tu fumes, les autres viennent te voir pour te demander du feu. »

*

Deuxième jour.

Je me suis dit que la nouvelle de la crise cardiaque de son fils pourrait bouleverser ma mère en Bosnie. Afin de prévenir d'éventuels désagréments, je l'ai appelée, et lui ai expliqué que circulait dans ma partie du monde, la bosnienne, une rumeur comme quoi j'avais fait une crise cardiaque. Je t'appelle, ai-je dit, pour te prouver par ma voix et ma bonne humeur que c'est faux. Elle m'a écouté attentivement, puis il y a eu une petite pause, et la question :

« Et sinon, comment tu vas ? »

À ce « sinon », je décèle clairement son inquiétude.

« Parmi toutes les maladies, il a fallu qu'ils te trouvent une crise cardiaque, dit-elle. Ça n'existe pas chez les Mehmedinović. Personne dans la famille du côté de ton père, ni du mien, n'a jamais eu de problèmes de cœur. »

Je suis le premier, donc. Il faut bien que la dégénérescence commence par quelqu'un ; ou alors, j'ai le même volume de cœur que tous les autres membres de ma famille, sauf que je l'ai imprudemment rempli d'un contenu dont la quantité dépasse ses capacités.

À la fin de notre conversation, je me suis rappelé un vers, auquel j'avais peut-être pensé pour la dernière fois à la fin des années soixante-dix. Ce n'est pas de la poésie raffinée, métaphysique, mais un vers rudimentaire du poète bosnien oublié Vladimir Nastić, qui dit :

> J'ai vu trente-six chandelles, mère, comme toi quand tu m'as mis au monde.

*

Ce matin, une nouvelle infirmière est arrivée. Elle a dit que ce serait bien que je bouge, que je me promène dans la chambre. Je me suis extrait du lit sur-le-champ, encore raccordé à des centaines de câbles, des seringues dans les veines.

Dans la salle de bains, Sanja m'a soigneusement nettoyé tout le corps avec une serviette mouillée.

Puis j'ai marché dans la chambre. C'est bon de marcher à nouveau. C'est donc à ça que ressemble l'expérience des premiers pas. Je marche !

Mais ensuite, je me suis assis sur une chaise et me suis redressé brusquement, et à cet instant, j'ai senti que quelque chose dans mon aine droite (là où, la veille, ils m'avaient rasé les poils pubiens) craquait. Au même moment, j'ai vu surgir à cet endroit une île. J'ai pressé le bouton du lit pour appeler l'infirmière, elle n'a pas tardé à arriver, et a observé l'excroissance avec intérêt. Du dos de la main, elle a repoussé mon pénis qui tombait sur l'île, et m'a examiné. Elle s'est inquiétée, m'a pris le pouls sur les pieds, et est sortie en hâte de la chambre, pour chercher le médecin de garde.

Bientôt est arrivé à sa place, et à celle du docteur, un jeune homme, un infirmier muni d'un singulier engin en plastique. Au centre de l'objet carré se trouve une demi-sphère, qu'il a appuyée contre l'abcès, et les extrémités de la plaque à laquelle est intégrée la demi-sphère ont des fentes par lesquelles passe une bande de papier. Il m'a ensuite attaché la bande autour de la taille. Mais il traînait, lisant avec attention le mode d'emploi de cet engin en plastique dont la fonction est sans doute de décoder les impulsions, ou les messages transmis par cet abcès à côté de mon sexe.

Échec. Il a abandonné. Il a posé l'engin en plastique sur la table de nuit, et est sorti.

*

Devrais-je à présent me comporter comme un malade ? Je ne veux pas. Non.

Dans les *Journaux* de Tchekhov, il y a une brève note, une esquisse pour une nouvelle, sur un homme qui va chez le docteur, ce dernier l'examine et lui découvre une faiblesse cardiaque. Suite à cette découverte, l'homme change de mode de vie, prend des médicaments, et parle compulsivement de sa faiblesse ; toute la ville est au courant de sa maladie, et tous les médecins de la ville (qu'il consulte régulièrement) parlent de sa maladie. Il ne se marie pas, arrête de boire, marche lentement et respire péniblement. Onze ans plus tard, lors d'un voyage à Moscou, il se rend chez un éminent cardiologue qui découvre alors que son cœur, en réalité, est en parfaite santé. Au début, cette nouvelle le réjouit grandement. Mais il s'avère rapidement qu'il n'est plus en mesure de revenir à un mode de vie normal, tout habitué qu'il est à son rythme, à se coucher tôt, marcher lentement et respirer péniblement. D'autre part, il trouve le monde pour le moins ennuyeux, maintenant qu'il ne peut plus parler de sa maladie.

*

Ce jeune Africain est venu me faire un électrocardiogramme.

(À l'index, et non à l'annulaire comme c'est l'usage, il porte une bague en argent, avec une pierre carrée, plus exactement une combinaison de deux pierres : une grosse larme de turquoise sertie dans un carré noir d'onyx ; la demi-heure suivante, en le regardant travailler, je fixe cette bague.)

Pour enregistrer mon cœur, il utilise un scanner manuel, et passe un objet ovoïde froid sur ma cage thoracique, du côté gauche de ma poitrine nue. Sur l'écran devant lui, il observe une image de mon cœur ? ou un autre contenu visuel ? je ne sais pas, je ne vois pas ce qu'il voit. J'ai toujours été pris d'un léger vertige en entendant mon propre cœur. Pour une raison ou une autre, ce son ne me plaît pas, c'est pourquoi, d'ailleurs, je n'aime pas non plus le tic-tac des vieilles horloges. Il m'arrive parfois, quand je sombre dans le sommeil, de poser sans m'en rendre compte ma main sur ma poitrine, du côté gauche, alors je prends conscience de mon cœur, et je me réveille en sursaut. Maintenant aussi, tandis que ce jeune homme m'enregistre le cœur, je suis pétrifié d'inconfort. À un moment, il exerce une forte pression entre mes côtes de son scanner ovoïde. C'est un instant de malaise physique total.

« Qu'est-ce que vous faites ?

– J'essaie d'écarter un peu les côtes, pour avoir une image plus nette. »

Je supporte bien la douleur.

Mais ce n'est pas de la douleur ; c'est écarter les côtes tout près du cœur, c'est bien plus que ce que je suis prêt à supporter. Et cette pression entre les côtes a réveillé en moi une rage incontrôlable. Ça fait déjà une demi-heure qu'il scanne, et je lui demande : est-ce qu'il a enregistré quoi que ce soit ? Il répond que oui, mais que ça ne lui suffit pas. Je réplique que ce qu'il a déjà enregistré me suffit parfaitement, je rabaisse mon pyjama sur ma poitrine, sur laquelle je croise ensuite les bras, au cas où, pour bloquer tout accès à mes côtes.

Tandis que le jeune homme, déconcerté par ma réaction, range son instrument pour pouvoir quitter la chambre, Sanja entre avec un déca dans un gobelet en carton. Elle remarque mon agitation et demande : qu'est-ce qui s'est passé ? Je balaie la question du revers de la main, peu importe, rien, l'examen a duré trop longtemps et ça m'a rendu nerveux. Mais ensuite, je suis mortifié par l'expression du jeune homme. Il est en train de ranger son matériel, avec un sourire de révolte contenue sur le visage. Il croit que je suis raciste ! C'est ça. Je le vois à son expression. C'est ce qu'il pense. Il pense que j'ai réagi comme ça non parce que je trouve désagréable qu'on m'écarte les côtes de force, mais parce que j'ai quelque chose contre sa couleur de peau. Je ressens le besoin de lui parler, de le détromper, mais je sais que ça ne ferait qu'aggraver le malentendu.

Et je garde le silence.

Lui aussi se tait.

Et part sans me saluer.

Ensuite, Sanja m'annonce qu'elle a reçu des appels de nos amis, qu'ils veulent me rendre visite à l'hôpital.

Non, non et non.

Ils veulent venir pour s'assurer que c'est bien moi qui ai fait une crise cardiaque, et pas eux. C'est humain et naturel, ils veulent constater de leurs propres yeux que le malheur les a épargnés.

Hors de question.

Je refuse.

Je ne veux pas qu'on me rende visite à l'hôpital.

*

Troisième jour.

J'ai déménagé des soins intensifs dans une chambre d'hôpital ordinaire, que je partage avec un vieil homme. Il est d'origine slovaque.

Lukas Cierny.

C'est ce qui est inscrit au marqueur bleu sur le petit panneau au mur, à droite de son lit. C'est un joli nom. Lukas Cierny. Quel âge peut-il bien avoir ? Quatre-vingts ans ? Peut-être plus.

Il a la maladie d'Alzheimer, et aussi des problèmes pulmonaires, il respire très difficilement. Au beau milieu de la nuit, il se lève de son lit et part quelque part, et ils le ramènent par le couloir.

« Où est-ce que vous allez comme ça ?

– Je veux m'habiller et faire une promenade. »

Le vieux Cierny est un homme entouré d'amour, toute la journée, ses enfants, petits-enfants et arrière-petits-enfants se succèdent, ils emplissent notre chambre de rires tandis qu'ils tapotent l'oreiller sous la tête de leur père, grand-père et arrière-grand-père, peignent les rares mèches de cheveux sur son crâne, et font tout pour lui faire plaisir. Le regard absent du vieillard trahit clairement qu'il ne sait pas qui sont tous ces gens qui s'adressent à lui. Avec moi aussi, ils sont aimables, comme si nous nous connaissions depuis toujours, comme si je faisais partie de la famille. Le simple fait que je vienne de la partie slave du monde leur donne droit à cette familiarité. Même si leurs racines slaves leur sont relativement étrangères. Sa fille, en faisant ma connaissance, dit de Lukas : « Il vient de Tchécoslovaquie. » C'est une Américaine pur jus, de Pennsylvanie.

Lui, qui ne se souvient plus de rien, répond aux questions en anglais, et parfois en slovaque. Quand il répond en slovaque, ses interlocuteurs ne le comprennent pas. Mais aucun d'entre eux ne s'en émeut, ils ne discutent pas avec lui pour échanger des informations, ils discutent avec lui pour simuler la communication.

Quelqu'un vient d'entrer dans la chambre et de saluer Lukas d'un *How you doin'*, ce à quoi il a répondu *Dobro*, Bien. C'était une réponse automatique en slovaque, la langue qui lui est manifestement, à cet instant précis, la plus proche. L'homme à qui il a adressé son *Dobro* n'a pas compris le mot.

Cela fait soixante-dix ans que le vieillard est séparé de sa langue, le slovaque. Et maintenant, les mots sortent de lui, dirait-on, inconsciemment. Mais cette confusion linguistique a suscité en moi une émotion. Comme si maintenant, à la toute fin de sa vie, le vieil homme se préparait à s'adresser à la mort dans sa langue. Quand il a prononcé son *Dobro*, il m'a confirmé que j'étais dans un monde étranger et lointain. C'était une expérience très singulière de la langue.

Sanja est assise à côté de mon lit, et quand elle a entendu le vieillard dire *Dobro* dans notre langue commune, ses yeux se sont automatiquement emplis de larmes.

*

De visage, Lukas Cierny rappelle le poète bosnien Ilija Ladin.

Il ne s'agit pas que d'une ressemblance physique. Ladin aussi, à la toute fin de sa vie, souffrait d'une amnésie totale.

Mais maintenant que je pense à lui, tel qu'il apparaît dans mes souvenirs, je prends conscience d'une chose : Ladin avait de multiples visages.

Je me souviens de la boîte contenant ses photographies, beaucoup avaient été prises dans ces Photomaton express qui sont aujourd'hui rares dans les rues des villes. En quelques secondes, l'appareil prenait quatre clichés, quatre portraits sur un carré de papier photo bon marché. Ilija entrait dans ces cabines à Paris, Milan, Sarajevo et ailleurs, et prenait des photos souvenirs. Sur les clichés, son portrait est répété quatre fois, mais sur chacun, il prend une expression différente, et à chaque nouvelle expression du visage, il était une autre personne.

À la toute fin de sa vie, disais-je, il souffrait d'une amnésie totale. Il était en maison de retraite. Ses amis lui apportaient ses livres, qu'il regardait comme s'il les voyait pour la première fois. Il scrutait la photo de l'auteur sur la couverture, et n'arrivait pas à se reconnaître.

Dans notre chambre, aujourd'hui, Lukas Cierny respire péniblement, comme s'il faisait une crise d'asthme. Ça dure un certain temps, puis il se calme, et je cesse d'entendre sa respiration. Et chaque fois que ça arrive, je me dis qu'il est mort.

Perdre la mémoire, est-ce une punition ? Ou une bénédiction ?

*

Pendant la soirée, les infirmières qui prennent soin de nous deux ont changé.

Ce soir, c'est le tour d'une musulmane africaine, sous un voile en soie violette, très maquillée, les lèvres peintes en rouge vif, comme si elle était sortie pour aller au restaurant, et pas dans une chambre d'hôpital. Plutôt joyeuse et attachante, une toute jeune femme. Elle a vingt, vingt-cinq ans tout au plus, et elle s'adresse au vieillard dont je partage la chambre, et à moi, comme si nous étions des enfants.

« Vous venez d'où ? » je demande.

Elle rit, et répond par une autre question :

« À votre avis ?

– D'Éthiopie ?

– Vous chauffez.

– Du Soudan.

– Vous brûlez », dit-elle, attendant que le jeu des devinettes se poursuive.

Mais je n'ai déjà plus envie de deviner, et – déçue par mon manque de persévérance – elle révèle :

« De Somalie. »

Un marqueur à la main, elle se tient devant le tableau – sur lequel elle va à présent écrire son nom et le mien – et demande :

« Comment vous vous appelez ? »

Après un bref moment d'hésitation, je dis :

« Mehmed. »

Selon l'endroit où nous nous trouvons, des différences qui ont pour nous tant d'importance deviennent insignifiantes : vient-elle du Soudan ou de Somalie ? Ça n'a d'importance que pour elle, tout le continent sur lequel elle vit à présent n'en a… rien à faire. Du point de vue de la mort, peu importe qui est le Slovaque et qui est le Bosnien de nous deux, Lukas et Mehmed, patients coincés dans la même chambre.

*

Peu avant minuit (elle est venue nous faire une prise de sang), la jeune Somalienne demande au vieux Slovaque :

« Comment vous vous appelez ? »

Il se tait. Puis elle lui demande :

« On est en quelle année ? »

Et il répond :

« 1939 ! »

Tout à fait : 1939.

Que signifie pour lui l'année 1939 ? À l'époque, il devait avoir dix, quinze ans. C'est l'année du début de la guerre mondiale. Peut-être que c'est là qu'il a quitté son chez-lui pour toujours, et qu'aujourd'hui, dans son grand âge, il démontre qu'il n'est en réalité jamais sorti de cette année. Vraiment, que lui est-il arrivé en 1939 ? J'aimerais entendre son histoire, mais il n'est plus en état de la raconter.

Moi aussi, dans mon passé, j'ai une année dont je ne suis jamais sorti.

1992.

Parfois, je suis tiré du sommeil par les rafales de kalachnikovs au-dessus de Sarajevo. Je me lève, je me fais un café et je reste éveillé jusqu'à l'aube, je regarde par la fenêtre les lumières de Washington, ou la neige qui tombe sur le Pentagone.

Pendant la nuit, Lukas Cierny se lève de son lit, et la jeune Somalienne le ramène :

« Où est-ce que vous allez comme ça ? »

Il répond :

« M'habiller, je veux faire une promenade. »

En réalité, il ne sait pas qu'il est à l'hôpital.

Et le matin, elle essaie de le faire se lever, il refuse, elle ordonne d'une voix forte :

« *Get up!* »

Mais le vieillard refuse de sortir du lit. Elle insiste :

« *Get up! Stand up!* »

Pas de réaction.

« *Get up! Stand up!*

Non ! » dit le vieil homme.

Alors elle se met – au-dessus d'un vieux Slovaque qui refuse de se lever de son lit – à chanter :

« *Get up, stand up, stand up for your rights!* »

La jeunesse est belle dans son arrogance.

La jeune Somalienne, coiffée d'un foulard turquoise, maquillée de frais, rayonne dans la lumière matinale, au-dessus du Slave en fin de vie. Elle est heureuse car c'est la fin de son service, et elle chante.

*

J'attends avec une grande impatience ma sortie de l'hôpital.

En réalité, je redoute que ça n'arrive pas aujourd'hui. On est vendredi, cela signifierait donc que je devrais passer le week-end ici.

Mais le docteur a fini par arriver, m'a demandé de déambuler dans les couloirs raccordé à tous ces capteurs et ces sonars, j'ai marché dans les couloirs, et le médecin contrôlait le comportement de mon cœur sur un écran, devant lui. Je me réjouissais de cette promenade : dans une heure, je serais dehors, hors des murs de l'hôpital.

Quand je suis retourné dans ma chambre, le docteur a une fois de plus vérifié le fonctionnement de mon cœur, cette fois-ci au moyen d'un stéthoscope, et n'entendant aucun souffle menaçant dans ma poitrine, il a fini par me donner des indications précises – comment me comporter après ma sortie de l'hôpital.

Et maintenant, je peux rentrer à la maison.

Je le regarde. Il est indien, il s'appelle Rayard. Et je me dis : cet homme m'a sauvé la vie, et nous nous quittons comme de complets étrangers. Je dis :

« Vous m'avez sauvé la vie. »

Il confirme : « Oui. »

Et il sort.

Ensuite est arrivé un homme souriant d'âge moyen avec un nœud papillon violet (« *I'm your limo driver* »), qui m'a poussé en fauteuil roulant dans les couloirs jusqu'à la sortie. C'est un rituel hospitalier : même si je peux marcher, un homme que je vois pour la première fois me fait sortir de l'hôpital en fauteuil roulant. Il y a quelque chose de puéril dans ce rite de passage du monde des malades au monde des gens en bonne santé.

J'ai fait des adieux chaleureux à l'inconnu, comme si nous nous connaissions depuis toujours, et suis resté seul devant le bâtiment. L'air frais de novembre m'a fait frissonner. J'étais impatient de sortir de l'hôpital, où on avait suivi vingt-quatre heures sur vingt-quatre le comportement de mon corps sur des écrans, et veillé sur ma santé. Mais maintenant que je me retrouvais sans tout ça, dans la rue, en attendant le taxi, j'ai été envahi d'un vague sentiment d'insécurité, et de peur.

*

Les retours à la maison ne se ressemblent pas tous.

Quand tu rentres de voyage, tu retrouves les choses telles que tu les as laissées au moment de partir. Après tous ces jours d'absence, te voilà à nouveau dans ta chambre, il y a peut-être sur le bureau un cendrier avec une cigarette écrasée, peut-être un verre de vin à moitié bu, ou le livre que tu lisais le jour du départ, ouvert. Tout ce qui dans ces objets conserve la trace vivante de ta présence devient ainsi l'image du temps qui est passé, et qui ne peut plus se rattraper.

Je suis rentré de l'hôpital et la première chose que j'ai vue, c'est le dessus-de-lit blanc sur le lit, celui avec le motif floral à la Paul Gauguin, qui était revenu à la maison avant moi. Lavé, il recouvre le lit, et il est intact, rien n'indique mon passage à l'hôpital, ni ma maladie.

Soigneusement, Sanja a effacé de nos pièces la majorité de mes traces, que j'avais laissées lors des rituels de ma vie d'avant. Elle a effacé avec un soin tout particulier les vestiges de ceux auxquels je ne devrais, selon les prescriptions des médecins, plus jamais revenir. Il n'y a plus de cendriers, l'odeur de la fumée de tabac s'est dissipée.

Je suis entré dans le jardin d'hiver, mon balcon-véranda, mon bureau.

Là non plus, je n'y suis pas.

J'ai été effacé de mes pièces, et maintenant, je peux prendre un nouveau départ.

*

Puis, à contrecœur, je suis entré dans la salle de bains, là où tout avait commencé. Dans nos logements d'humains, la salle de bains est, en sus de tout le reste, aussi le lieu de la peur, nous y sommes nus et vulnérables. C'est pour cela que le cinéma américain a choisi la salle de bains comme motif emblématique du film d'horreur.

Je me suis déshabillé et me suis mis, nu, devant le miroir. J'ai examiné le renflement du côté droit, près de mon sexe. Ce n'est plus un abcès, mais un bleu qui blêmit, aux contours roussâtres, presque de la couleur de la rouille.

Je me suis rasé.

Ensuite, je suis prudemment entré sous la douche, épiant le comportement de mon corps. L'eau était bouillante. Pas de douleur dans le cou, ni de pression sur la poitrine. Je n'ai mal nulle part. La salle de bains s'emplissait de vapeur chaude. Je me suis détendu. L'eau ruisselait sur moi ; y a-t-il quoi que ce soit de plus simple que ça ? Un corps nu sur lequel ruisselle de l'eau.

Et je me suis souvenu d'un court-métrage intitulé *The Room*. Il y a dans ce film une longue scène de douche. Un corps sur lequel ruisselle de l'eau.

L'histoire est la suivante : un jeune homme passe dans une rue au crépuscule, et par la fenêtre ouverte d'une chambre, en haut, il entend une mélodie au piano. Et il s'arrête. Ensuite, il verra la silhouette de la jeune fille qui jouait du piano. Mais s'il s'est arrêté, ce n'est pas uniquement à cause de la musique qu'il a entendue, ni seulement à cause de la jeune fille, dont il n'a aperçu que la silhouette. Il ne sait pas d'où vient cette attirance, il ne sait pas pourquoi il s'est arrêté, mais il est conscient du fort magnétisme qu'exerce la chambre, qu'il entrevoit par la fenêtre ouverte. Les années passent. Il a quitté cette ville, et vécu dans le vaste monde, avant d'y revenir pour ses vieux jours. Il a acheté un appartement, où il passe ses dernières années. Après la douche, il va dans sa chambre, et entend la sirène d'une ambulance qui s'est arrêtée devant l'immeuble. C'est la nuit. C'est alors qu'il comprend tout. La chambre où il se trouve à présent, c'est la chambre qu'il avait regardée un jour jeune homme, tandis que s'en échappait par la fenêtre ouverte une mélodie au piano. Pourquoi ressentait-il une telle attirance ? Le jeune homme ne pouvait savoir ce que le vieillard sait à présent : c'était sa chambre qu'il regardait, celle dans laquelle il allait un jour, quand son heure serait venue, mourir.

Je suis sorti de la douche ; enroulé dans ma serviette, j'ai traversé tout l'appartement.

Je regarde maintenant par la fenêtre, et je dis :

« Ce n'est pas cette chambre. »

Sanja m'a entendu. Debout derrière moi, elle pose la tête contre mon dos mouillé, et demande :

« Qu'est-ce que tu as dit ? »

2.

LE BANDANA ROUGE

« *Somewhere in Virginia, I lost my hat.* »
John Cage

Mon fils,

Jeudi dernier, je suis allé chez le médecin pour mon examen de routine biannuel. Je veux arrêter le médicament que je prends depuis déjà presque cinq ans, et qui me fatigue et me ralentit. Je veux m'activer, me remettre en mouvement, car je veux retrouver ma vie. Le médecin, un jeune Sikh avec un turban de toile mauve sur la tête, me dit : « Non, non. Le médicament est là pour prévenir une crise cardiaque. » Je sais, je dis, mais je veux me débarrasser de ses effets secondaires, je m'occuperai de la crise cardiaque autrement. Il m'affirme que les effets secondaires de ce médicament sont bénins au regard de leur action positive sur mon organisme. Je demande : « Et quels sont, au juste, ses véritables effets secondaires ? » Il me dit qu'il y en a plusieurs, mais qu'aucun n'est mortel. « Par exemple ?

– Eh bien, disons, *memory loss*, la perte de mémoire.

– Ça veut dire que je peux tout oublier ?

– Oui, mais l'oubli ne tue pas », dit le cardiologue.

Je lui demande : « Si j'oublie tout, toute ma vie, si je ne peux pas reconnaître le visage de mon enfant, si j'oublie mon propre nom, n'est-ce pas la même chose que la mort ? »

Après l'examen, en roulant vers la maison, je me suis demandé : et si j'avais déjà commencé à oublier ? J'ai cherché des signes de mon amnésie. Mais quelle est l'ampleur de mon oubli ? C'est impossible à mesurer. Ce qui est oublié est à présent inaccessible, car c'est invisible, c'est « dans le tréfonds de l'oubli ». J'ai alors ressenti le besoin de me retrouver en compagnie d'une personne avec qui j'aurais passé beaucoup de temps auparavant, afin de comparer nos souvenirs des mêmes événements. Je cherchais une manière de retourner dans mon passé et ensuite, le jour même, j'ai pris un billet d'avion pour l'Arizona. Ou peut-être que cette discussion avec le médecin n'était qu'une excuse pour faire une chose à laquelle je me préparais depuis déjà des années : aller revoir notre appartement à Phoenix, notre première adresse américaine.

Et deux jours plus tard, le 16 avril 2015, je m'envolais pour l'autre côté du continent. Cette dernière semaine, pendant notre voyage, j'ai écrit ce journal, qui n'a sans doute d'importance que pour moi. Et peut-être qu'il en aura pour toi, car il a été écrit pour un lecteur, pour toi. C'était important pour moi de cacher les quelques phrases que je voulais te dire ici dans une multitude d'autres. Tu n'auras pas de mal à les trouver. Si tu ne les trouves pas, ça voudra dire que tu ne l'auras pas lu. Et c'est toujours une possibilité, qui se présente pour chaque texte : qu'il ne soit pas lu. Les livres sont plus seuls que les gens.

*

Je vole avec Delta. En mars 1996, à l'aéroport de New York, une femme m'a dit : « Depuis que l'URSS s'est effondrée, les avions de Delta servent à transporter en Russie des liasses de billets, et au retour, ils rapportent de l'or aux États-Unis. » Ces vingt dernières années, chaque fois que j'ai volé avec Delta, je me suis rappelé cette femme et l'or russe. Je viens justement de le remarquer, il y a encore des cendriers sur les accoudoirs des sièges de l'appareil, vissés pour qu'on ne puisse pas les ouvrir, certes, ça fait longtemps qu'il est strictement interdit de fumer. À en juger par les cendriers, cet avion a volé au début des années quatre-vingt-dix, peut-être même jusqu'à Moscou.

Le vol de Washington à Phoenix a duré un peu moins de quatre heures. Si l'on retranche les deux heures de décalage horaire, alors, il s'avère que j'ai voyagé vers l'ouest pendant un peu plus d'une heure (l'avion a décollé à 6 heures, et a atterri à 7 h 20 du matin). Je voyage rarement vers le nord ou vers le sud. Un voyage vers l'ouest peut commencer la nuit, mais il est toujours, pour une raison mystérieuse, placé sous le signe du matin : quand je vole vers l'ouest, je me sens toujours comme si le soleil venait de se lever. Alors que les trajets vers l'est sont toujours placés sous le signe de la fatigue, et je sombre dans le sommeil sur mon siège en plein jour, comme si j'étais sur un vol de nuit. C'est le cas quand je voyage de la côte est à la côte ouest et que je reviens ; c'est la même chose quand j'ai un aller-retour des États-Unis pour Sarajevo.

*

Aéroport de Phoenix. La première chose que j'ai vue en sortant sur le parking, c'était le bandana rouge sur ta tête.

Nous allons passer les cinq jours suivants à vagabonder sur les routes américaines. Vagabonder sans but ? Cela signifie ressentir la véritable proximité du monde et prendre conscience de soi, de son corps dans l'espace. Dans les années quatre-vingt-dix déjà, tu te souviens, nous roulions sans carte sur les petites routes de campagne de Virginie dans l'idée de nous perdre, et de chercher ensuite le chemin qui nous ramènerait à la maison. Vagabonder, cela signifie se confronter à une vérité toute simple, salutaire : le monde est plus grand que moi ! L'absence de but était l'unique objectif de nos voyages, même si nous nous éloignions chaque seconde un peu plus de la maison. Même si on pourrait également définir la maison ainsi : elle est toujours là où tu es en compagnie de tes proches.

Un bandana rouge. Ma grand-mère, ma *nena*, son arrière-grand-mère, portait le même genre de fichu sur la tête. Son foulard était blanc, mais il avait, me semble-t-il, les mêmes motifs que le bandana sur la tête de mon fils.

*

Quand nous avons atterri dans cet aéroport pour la première fois, le 1er février 1996, notre bagage ne nous avait pas suivis. Il s'était perdu quelque part en chemin. L'agent de l'aéroport nous avait dit que ce n'était pas un problème, et que dès qu'ils l'auraient retrouvée, ils nous enverraient notre valise à notre adresse. Mais à l'époque, nous n'avions pas encore d'adresse. Notre bagage était perdu, et ça m'avait empli d'une angoisse indicible. Il s'avérerait par la suite que le contenu de notre valise était complètement dénué d'importance : quelques vêtements d'hiver dont nous n'aurions pas besoin dans le désert, et des livres que, probablement, nous ne relirions plus jamais. Mais nous avions fui la guerre, et cette valise était notre seule possession, elle était notre tout.

*

Et aujourd'hui, quand nous sommes arrivés devant la porte de notre ancien appartement (l'adresse à laquelle vingt ans auparavant, avec sept jours de retard, était arrivé notre bagage perdu), un jeune homme est venu à notre rencontre, le concierge ou le gestionnaire du lotissement, il était perturbé, peut-être légèrement effrayé par notre présence, il nous a demandé de ne pas nous attarder, et a ajouté : « Ne prenez rien en photo ! » Il s'était passé quelque chose ici. Une fois que je lui ai expliqué les raisons de notre visite, lui montrant la porte de l'appartement où nous avions vécu vingt ans auparavant, et qu'il s'est assuré que nous n'avions pas de mauvaises intentions, il a dit : « Vous pouvez rester cinq minutes, mais ne prenez pas de photos. »

Devant l'entrée, une chaise pliante en toile bleue, complètement fanée par le soleil, et des bouteilles de bière vides… L'endroit avait l'air abandonné, je me suis dit que personne ne vivait derrière cette porte. Mais ensuite, un homme est apparu sur le seuil. Il m'a surpris, parce que son visage me semblait familier. J'ai immédiatement expliqué que nous avions habité ici autrefois. Clint, c'est comme ça que l'homme s'appelle. Il a compris les raisons sentimentales de notre visite, mais quand je lui ai demandé de se prendre en photo avec nous, il a rentré la tête dans les épaules, et nous a regardés avec méfiance. Il a accepté de nous photographier avec mon téléphone, et ensuite, alors que nous étions déjà sur le parking, il a fini par poser avec moi, caché derrière ses lunettes de soleil. Quelque chose d'horrible s'est passé ici, mais je n'ai pas demandé quoi, d'ailleurs, ça ne m'intéressait même pas. J'avais juste besoin de me tenir seul une minute en silence devant la porte de l'appartement, comme devant un miroir.

Quand nous avons été seuls, Harun a dit : « Tu as remarqué ? Clint te ressemble, vous pourriez être jumeaux. »

*

Phoenix a aujourd'hui l'air d'une ville du futur. Ces vingt dernières années, tout s'est construit alentour, seul notre lotissement s'est entre-temps délabré. Mais Harun n'est pas du même avis. Le lotissement est resté le même ghetto pour pauvres, dit-il, la seule différence, c'est que nous arrivions ici de la guerre, à l'époque, pour nous, c'était le grand luxe. En février 1996, il y avait des orangers dans la cour, et après la faim, la boue et la glace, le contraste était paradisiaque : la nuit, le parfum des fleurs d'oranger entrait par notre fenêtre. Il a raison. Ma nostalgie (nostalgie?) s'est nourrie d'une image idéalisée et inexacte. À l'époque, le lotissement était majoritairement peuplé de Bosniens. Les traces de la guerre étaient encore fraîches : un jeune homme en uniforme camouflage avait chez lui un tambour avec de nombreuses cymbales, dont le vacarme était la bande-son de notre exil américain ; au-dessus de chez nous vivait un vieil homme qui tenait sans cesse contre son oreille un transistor en plastique, dont il avait fixé les piles avec du Scotch, et qui grimpait la nuit sur le toit de l'immeuble pour capter les ondes longues de Radio Bosnie-Herzégovine ; dans l'appartement en face du nôtre, tandis que dans une pièce les enfants mangeaient de la pastèque, dans l'autre, leur père s'était pendu… Et je pourrais continuer ainsi de porte en porte. Les Bosniens ont aujourd'hui été remplacés par d'autres âmes mortes.

Et tout s'est passé trop vite : vingt ans après, nous sommes entrés dans la cour de l'immeuble où nous avions vécu autrefois, sommes brièvement restés devant la porte de notre ancien appartement, car notre présence dérangeait les locataires et le concierge du lotissement, si bien que nous n'avons pas tardé à partir. Il n'y a pas grand-chose d'autre à dire. Et je ne me sens pas bien, comme si j'avais été chassé de mon propre passé.

Il n'y a plus d'orangers devant l'entrée, ils ont planté des palmiers à la place.

*

Notre « retour à la maison » était censé être une importante rencontre avec notre propre passé, et en réalité, il ne s'est rien produit, à part cette singulière coïncidence : notre ancien appartement est habité par mon « sosie ». Et je ne sais pas vraiment à quel point nous nous ressemblons, Clint et moi, mais j'ai envie de croire Harun, même s'il a, vraisemblablement, exagéré notre ressemblance, afin de conférer à notre visite une certaine dimension symbolique. Et n'est-ce pas en soi une grande chose ? Ne suis-je pas venu ici pour me confronter à moi-même, convaincu qu'en réalité, nous ne quittons jamais complètement les lieux où nous avons séjourné, qu'une trace persiste, notre présence durable, comme persistent dans le miroir d'un hôtel les visages de tous ceux qui sont passés par cette chambre ? Mais ça ne se passe jamais comme ça. Nous nous souvenons d'un lieu où nous avons autrefois séjourné, mais il ne se souvient pas de nous.

Et puis, j'avais cru l'espace d'un instant que c'était la nostalgie qui m'avait amené ici. Mais non. Il ne s'agissait que d'une banale curiosité. Alors que la nostalgie est un sentiment que j'associe à un moment concret : à la fin de l'enfance, à cet âge délicat de l'adolescence, une infinité de voies s'ouvrent devant nous, et quelques années plus tard, quand nous nous limitons par notre choix à une seule, nous nous mettons à regretter le temps où nous pouvions choisir entre un grand nombre de possibilités. C'est cela, pour moi, la nostalgie.

*

Il y a vingt ans, durant mon trajet pour aller au travail le matin, je regardais systématiquement à gauche la grande montagne couleur brique (Camelback Mountain) qui rappelle les bosses d'un chameau, et qui a donné son nom à la rue où nous vivions, juste pour m'assurer que la citadelle était encore là. Quelqu'un a bâti dans les collines une véritable forteresse moyenâgeuse qui, dans ce paysage désertique, a l'air contre nature, tel un malentendu géographique, telle une illusion d'optique...

Aujourd'hui, vingt ans plus tard, nous roulions dans la montagne, vers la citadelle, par d'étroits virages en épingle à cheveux entre les villas, quand soudain, devant un portail, nous sommes tombés sur une statue en pierre de Bouddha ornée de chaînes en or. Des enfants avaient dû l'accoutrer ainsi pour s'amuser. Une statue de Bouddha (gangsta rap) souriant qui va chercher de l'eau. Un Bouddha qui a soif. Je lui ai laissé ma bouteille de Schweppes, puis nous avons repris notre route. Bouddha, en réalité, n'est pas un dieu, mais c'est précisément comme cela qu'il faudrait se comporter avec Dieu. Et tout en roulant vers le sommet de la montagne, je réfléchissais au fait que le principal défaut de Dieu, de Jéhovah, et surtout d'Allah, est justement le fait qu'ils ne sont pas prêts à laisser les enfants les décorer, ou jouer avec eux de quelque manière que ce soit.

*

La citadelle est en cours de restauration. Nous avons vu de près le portail et les remparts. Mais assis sur un muret au bord de la route escarpée, j'ai pu contempler en paix le panorama de la ville. Vue d'en haut, j'ai eu l'impression qu'elle se cachait : maisons basses, palmiers rabougris dans la vallée. N'étaient-ce les quelques gratte-ciel dans le centre, je me dirais que ce n'est pas une ville. À la tombée de la nuit seulement, quand les lumières s'allumeront, au point d'étouffer la luminosité des étoiles dans le ciel, ou de devenir leur reflet, la ville se révélera.

Assis sur ce muret en pierre, je regardais dans la vallée en contrebas un paysage qui était censé m'être familier, mais qui m'était en réalité complètement étranger. Pourquoi m'étais-je attendu à voir de ces hauteurs un panorama connu ? Nous ne sommes pas restés ici assez longtemps pour nous intégrer dans l'espace, pour que ce paysage se souvienne de nous. Nous avons vécu là un peu moins de cinq mois, il y a longtemps maintenant, et le souvenir le plus marquant est lié à la touffeur du désert. C'est une ville artificielle, elle ne pourrait pas survivre sans l'eau dont on l'irrigue en permanence, des arroseurs automatiques émergent de tous les espaces verts, et s'activent à intervalles réguliers pour asperger la terre de jets circulaires. Ce qui n'empêche pas l'herbe d'être constamment grillée. Phoenix a tout le temps soif. Dans mes souvenirs, j'ai associé la ville à Dalí, à sa toile surréaliste sur laquelle fondent des horloges. Ici, pendant les torrides mois d'été, tous les accessoires à l'intérieur des voitures fondent. Et tous les véhicules ont le même aspect, comme si ces éléments en plastique avaient été délibérément et patiemment fondus au briquet ; le plastique coule vers le bas, sur le tableau de bord derrière le volant. Je me souviens des avertissements sur les cassettes VHS du vidéoclub, qu'il ne fallait surtout pas les oublier dans la voiture, car la chaleur faisait fondre l'emballage de la bande, qui cessait alors de remplir sa fonction. Les montres de Dalí, c'est bien ça. On dit que « le temps s'écoule ». Dans les autres villes, oui, « le temps s'écoule », il n'y a qu'à Phoenix que « le temps fond ».

*

Dans les années quatre-vingt-dix, il n'y avait pas de maisons ici, juste un réseau de voies fraîchement asphaltées. Entre les routes, la végétation rase du désert et des cactus. Ce qui est intéressant c'est que, ces dernières années, j'ai souvent rêvé de cet endroit, même si je ne comprends pas très bien pourquoi le paysage inhabité au pied de Camelback Mountain a laissé une trace si profonde dans mon subconscient.

Dans un de ces rêves, le poète slovène Tomaž Šalamun est un agent immobilier coiffé d'un panama et vêtu d'un costume de lin gris, tout froissé là où le tissu souple se ride facilement, aux genoux et aux coudes, il me désigne la terre rougeâtre et les cactus au bord de la route et essaie de me persuader d'acheter une maison. Je dis :

« Mais Tomaž, il n'y a pas de maison ici ! »

Et lui, comme s'il avait prévu ma réaction, a déjà une réponse toute prête, et rétorque :

« Plante du tabac ! Plante du tabac ! »

*

Là où s'élevait auparavant le Safari Hotel, où j'ai travaillé de février à juin 1996, se trouve à présent une vaste avenue avec des restaurants et des commerces, et sur le trottoir un trompettiste en chemise hawaïenne – il joue fort et faux, et les passants le contournent à bonne distance…

« Te revoilà, oiseau de malheur ! »

Quelque chose a donc tout de même survécu de « mon » hôtel !

Il y avait dans le hall d'entrée une grande cage, dedans un perroquet, il était interdit de toucher les barreaux à cause du redoutable bec de la créature, et quand il se mettait à glapir d'une voix criarde qui se réverbérait contre les murs de marbre, les clients horrifiés se hâtaient de se réfugier le plus vite possible dans leur chambre.

*

Nous roulons vers le nord. Harun, encore sous le choc des événements, me parle d'un festival de cinéma local qui vient de s'achever. Le film de l'une de ses connaissances était programmé pour hier soir, mais il y avait un problème avec la vidéo, et l'image refusait de se projeter sur la toile. Les organisateurs avaient essayé d'« ouvrir » la vidéo sous un autre format, en vain. Les images refusaient de défiler, et nul ne comprenait pourquoi. Le reste de la soirée, ils avaient continué sans problème à passer d'autres films. Et ce matin, cette connaissance, ce malheureux réalisateur, était parti pour sa séance de sport matinale, et était mort. Il était à vélo quand la mort est arrivée.

Nous sommes sur la route 17, de rares gouttes de pluie ont commencé à tomber, et j'ai envie d'un café fort.

*

Père et fils. Quand, dans une discussion avec toi, je n'ai plus d'arguments, je dis : « Je sais de quoi le monde avait l'air avant ta naissance. »

Tu ne peux pas t'en souvenir. À l'hôpital, je te regardais à travers une paroi vitrée : tu étais né la veille au soir, et l'infirmière te changeait. J'ai d'abord vu ton petit corps nu et vulnérable, et ensuite, j'ai reconnu sur ton visage mon nez tordu. Un nez. Mon nez. Dédoublement. Ma solitude avait vertigineusement diminué.

*

La nuit, quand tu conduis et que tu as besoin d'un interlocuteur, tu m'appelles. Et nous discutons. Nous vivons dans des fuseaux horaires différents, trois heures de décalage nous séparent, chez moi, il est minuit, ou minuit passé, mais tu sais que je suis debout et que je travaille, que je lis ou écris. Chaque fois que ça se produit, quand tu m'appelles, je prends conscience de ma solitude. Et je prends conscience de ta solitude. Nous discutons, nous nous réconfortons l'un l'autre, nous respirons dans le combiné du téléphone, seuls dans le grand vide de l'univers.

*

Quand nous sommes arrivés à Arcosanti, la lumière du soir se brisait sur les sommets des mélèzes et sur les coupoles de la ville expérimentale. Devant nous, sur le parking, une petite fille à vélo faisait des tours sur elle-même, complètement absorbée par son jeu. En petite robe bleue, elle tournait en rond, jusqu'à ce qu'arrive son père, qui a interrompu la pirouette cycliste en soulevant dans ses bras la fillette et son moyen de locomotion miniature, puis ils ont disparu de notre champ de vision.

Après notre emménagement en Arizona en 1996, nous avons visité cet endroit, dont le concept repose sur le lien entre architecture et écologie (arcologie). Et aujourd'hui, dix-neuf ans plus tard, j'ai eu toutes les peines du monde à convaincre Harun de quitter la route principale et de venir ici, pour que je voie combien le site avait changé entre-temps. L'architecte, Paolo Soleri, est mort il y a deux ans. Cinquante ans après le début des travaux, la ville n'est toujours pas finie. Nous ne sommes pas restés assez longtemps, parce qu'Harun était pressé, mais j'ai tout de même été impressionné par cet *inachèvement*. C'est ainsi qu'il faudrait construire tout le reste, de sorte que le processus dure indéfiniment. C'est aussi comme ça qu'il faudrait écrire, toute sa vie, mais que le livre reste quand même inachevé. J'aimerais que tout ce qui m'appartient soit comme cette ville, dans un état d'infinie jeunesse.

*

Quand nous avons bifurqué sur la route 40, Harun a roulé quelque temps vers l'ouest, puis il s'est arrêté sur le bas-côté, a éteint le moteur et demandé : « Tu te souviens de cet endroit ? »

Si je me souviens du 4 janvier 2005 ? Nous voyagions alors de la côte est vers la côte ouest. Quand nous étions arrivés en Arizona, la pluie s'était soudain métamorphosée en blizzard. Dès que nous avions vu le panneau pour Flagstaff, nous avions quitté la route, et pris une chambre dans le premier motel, de la fenêtre duquel je pouvais voir la neige ensevelir progressivement notre voiture sur le parking. J'avais réussi à m'endormir, et peu après minuit, tu m'avais réveillé pour me dire :

« On y va, sur le Weather Channel, ils disent que c'est une tempête inouïe, que la neige va bloquer toute la ville, et moi, il faut absolument que je sois à Los Angeles demain. »

Bien entendu, j'avais protesté, mais à ce moment-là, l'électricité avait sauté, et tu m'avais dit :

« Tu vois ? »

Nous avions fait nos bagages en vitesse, l'ascenseur ne marchait pas, et nous avions descendu dans le noir les marches jusqu'au rez-de-chaussée, réveillé le réceptionniste et payé. La neige était poudreuse, nous avions dégagé le toit de la voiture à la main. Quand nous avions débouché sur la rue, tu avais allumé ta caméra et filmé la chaussée devant nous. Les rues de la ville avaient été déneigées, mais quand nous étions arrivés sur la route 40, nous n'avions plus eu devant nous qu'une étendue blanche, avec des forêts de résineux à gauche et à droite. La neige tourbillonnait dans le blizzard, formant au passage des mini tornades blanches. Je roulais lentement, j'avais l'impression que nous n'étions plus sur la route, et que nous errions dans des prairies enneigées. Mais ensuite, un poids lourd était apparu derrière nous, et j'avais ralenti pour le laisser passer. Après qu'il m'eut doublé, j'avais suivi ses feux de stop rouges, ils étaient notre boussole dans le blizzard. Et tant que nous roulions à flanc de montagne, tout allait encore relativement bien, les problèmes avaient commencé quand nous nous étions mis à descendre, parce que le camion avait accéléré. Nous aussi, nous avions accéléré. C'est alors que j'avais perdu le contrôle du véhicule, la voiture s'était mise à tourner sur elle-même à une vitesse vertigineuse, et je ne sais pas combien de temps s'est écoulé avant que nous ne nous enfoncions à reculons dans un paquet de neige à droite de la route. Le moteur s'était éteint. Je me rappelle cette peur inexprimable de rester bloqués par la neige, au beau milieu de la montagne. J'avais tourné la clé, les lumières de la voiture s'étaient allumées, et en cet instant, c'était comme si notre monde avait retrouvé ses couleurs !

Dix ans ont passé ; tu as arrêté la voiture, nous sommes sortis, avons traversé la route, et alors seulement, j'ai remarqué qu'elle longeait un ravin escarpé. « On l'a échappé belle ! » Nous contemplons le précipice, et sous mes chaussures, les graviers dévalent la pente.

*

Et la neige à Sarajevo, tu t'en souviens ? À l'hiver 1988, nous étions montés sur Trebević en téléphérique. La route qui menait au point de vue, Vidikovac, était gelée, ce qui n'empêchait pas quelques rares voitures de passer. La neige était profonde, nous avions une luge. Le cliché pris alors par un photographe de *Naši Dani* a immortalisé le mois où je m'étais laissé pousser la barbe, pour la première et la dernière fois de ma vie. Nous l'avions croisé sur le chemin, avant que la route ne commence à descendre vers ce refuge dont j'ai oublié le nom. Marcher sur la glace était plus fatigant que nous asseoir sur la luge et la laisser nous emporter vers notre but. L'idée ne plaisait pas à Sanja, mais j'avais tout de même réussi à la convaincre. Cependant, à cet endroit, la route longe des passages dangereux au-dessus de précipices, ce à quoi je n'avais pas pensé, la luge avait pris sur la glace une vitesse folle, et je me souviens de cette indescriptible peur, la peur qu'une voiture tardive puisse arriver dans la direction opposée. Sanja s'était tue, tu te cachais les yeux de tes petites mains, et je n'avais pas eu le choix, je te tenais fermement dans mes bras, et je m'étais jeté sur le côté droit avec la luge entre mes jambes. J'avais déchiré mon jean, Sanja s'était blessée au genou, et je crois qu'encore aujourd'hui, elle ne m'a toujours pas pardonné. Et si la luge nous avait entraînés du côté gauche, dans le ravin, ce cliché de la petite famille dans la neige aurait été la dernière photo de nous. Et je me rappelle, ce même soir, quand nous étions rentrés à la maison, je m'étais rasé la barbe.

*

Nous roulons dans Flagstaff. C'est la ville où Harun vit en ce moment. J'ai envie de m'arrêter, de voir son appartement, d'explorer le quartier où il habite. C'est une curiosité bien naturelle. Mais il refuse. « Ça n'a pas d'importance », dit-il. Ce qui est important, c'est d'arriver le plus tôt possible dans le désert, pour qu'il filme le ciel nocturne à temps, car la carte des nuages sur son téléphone prévoit de la pluie avant minuit. Il est photographe. Et j'aime ses photos. Mais il y a quelque chose de naturel dans mon désir de découvrir l'endroit où il vit. S'il venait me voir à ma nouvelle adresse, je serais ravi de lui montrer mon chez-moi, car je pense que l'espace où nous vivons nous redéfinit, il nous montre changés, tels que nous sommes à présent. Moi aussi, j'ai envie de voir comment il est *maintenant*. « J'ai envie de voir la vue de ta fenêtre », je dis. Il lève nerveusement le bras au-dessus du volant, désigne une vitre devant nous, et dit : « La voilà, ma fenêtre ! »

*

Nous roulons dans Flagstaff. Pour une raison mystérieuse, tous les événements liés à cette ville me font l'effet d'un rêve.

Ce qui suit s'est passé à l'hiver 2008, je travaillais à l'époque pour Reuters. Je venais d'arriver au travail, j'avais posé mon sac à dos sur mon bureau, quand m'étaient parvenus du studio des éclats de voix terrifiés rapportant un attentat nucléaire. Peu après, j'avais appris que des terroristes avaient jeté une bombe atomique sur Flagstaff, Arizona. Ma première pensée avait été : pourquoi Flagstaff? Puis, intrigué par cette nouvelle, je m'étais levé et étais entré dans le studio, hypnotisé. Les écrans retransmettaient le direct, un reporter en Arizona évoquait les conséquences de l'attentat. Des experts du terrorisme étaient assis dans les studios, tous des visages connus, que j'avais vus dans les émissions de grandes chaînes télé. C'est alors que j'avais compris : c'était une mise en scène, un entraînement du département de la Sécurité intérieure, qui louait parfois notre studio pour tourner leurs émissions. À un moment, un producteur avait remarqué l'intrusion d'un étranger (moi), s'était approché et m'avait demandé :

« Qui êtes-vous ? Que faites-vous ici ?

– Je suis de la maison. »

J'avais pointé du doigt les Archives, mon bureau sans fenêtres.

« Je m'intéresse aux nouvelles d'Arizona », avais-je dit.

Il m'avait poliment ordonné de partir, avant de fermer la porte derrière moi, il me semble même qu'il l'avait fermée à clé. J'étais plutôt secoué : le ton dramatique du reporter, le graphisme agressif qui accompagnait le direct, les cartons avec le nom des interlocuteurs, etc., tout ça, m'étais-je dit, c'était de la vraie télévision. Les heures de contenu tournées sur cet « attentat nucléaire » pourraient un jour être présentées comme un événement réel, en direct, dans un futur proche. Et c'était une pensée pour le moins angoissante.

*

Sur le siège passager, j'essaie de m'endormir. Il n'est pas encore minuit. Le téléphone sonne. Aleš de Ljubljana. Je lui dis que je suis en voyage. Je lui explique les raisons de notre expédition. Je lui dis que nous sommes garés dans le noir, quelque part sur la frontière entre l'Arizona et l'Utah, et que je me sens comme si je m'étais égaré en rentrant chez moi. Je ne sais pas où je suis. Il rit, puis m'explique :

« En anglais, ils disent "*home, sweet home*", et chez nous, on dit "qu'il est bon d'avoir une maison". Personne, en principe, ne conteste le droit d'un Américain à avoir une maison, ce pourquoi il peut tout simplement constater qu'"on n'est jamais aussi bien que chez soi", mais chez nous, c'est différent, chez nous, l'existence du foyer est toujours sujette à caution : tu ne peux aimer ton chez-toi que si tu en as un. »

Cher Aleš ! Fin 1996, il avait été notre premier invité d'Europe à venir nous rendre visite aux États-Unis. À l'époque, nous vivions déjà à Washington, et nous étions encore jeunes, à trente-cinq ans. Il était arrivé malade, était resté quelques jours, avait passé le plus clair de son temps à se soigner : régulièrement, il imbibait un morceau de sucre de quelques gouttes de propolis. Tu te souviens des gouttes de propolis ? La propolis, ce remède apicole des hivers yougoslaves. La dernière fois que j'ai vu une bouteille de propolis, c'est cette semaine où Aleš Debeljak était notre invité.

Et soudain, dans notre voiture, le parfum âcre des plantes alpines !

Aleš. Nous avons parlé encore quelques minutes. Dehors, la température était descendue en dessous de zéro. Mais derrière les nuages, on discernait les étoiles.

*

Monument Valley. Harun a disposé ses caméras dans l'obscurité et est rentré dans la voiture. Pendant des heures, nous sommes restés assis dans la camionnette à scruter l'obscurité. Dehors, le temps a déjà bien refroidi, il est certainement tombé une neige tardive quelque part dans les environs. Je ne sais pas ce qu'Harun a bien pu filmer dans ce noir d'encre. L'objectif d'une caméra voit plus de choses que l'œil humain. Apaisé, peu avant l'aube, il s'est endormi quelques heures sur le siège du conducteur, et je suis resté éveillé jusqu'au matin. Ce n'est qu'au lever du soleil que j'ai remarqué les étranges formations géologiques devant nous, dans la vallée. C'est donc ça que nos caméras ont filmé toute la nuit ? Ces silhouettes de pierre ont été façonnées par le vent. Je sors de la voiture. Je m'assois sur une roche et je regarde ces sculptures dont je croyais jusqu'alors qu'elles n'existaient que sous forme de *matte painting* dans les films de John Ford, que sous forme de dessins dans les bandes dessinées italiennes que publiait dans mon enfance, puis pendant celle d'Harun, Sergio Bonelli… Un vent du nord souffle. Assis sur ma pierre, je contemple le paysage. Comme quoi, le vent est un plus grand artiste qu'Ivan Meštrović.

Chapeau, le vent !

*

Un jeune Asiatique, un photographe, est arrivé au petit matin sur le plateau duquel nous avons toute la nuit filmé le ciel. Je l'ai regardé installer, dans sa Toyota blanche, des objectifs sur ses appareils photo. Puis il s'est coiffé d'une lampe frontale. Il ne faisait pas encore jour. Il a quitté sa voiture éclairée pour les ténèbres et, avec le faisceau de lumière rouge qui partait de son front, il s'est enfoncé dans le désert. Une licorne. Il n'était plus là quand le jour s'est levé. À perte de vue : le désert, et aucune ombre humaine.

Ce n'est qu'au lever du soleil, donc, que j'ai pris conscience de l'endroit où nous nous trouvions. Je ne savais pas que le désert était si beau. Nous nous posons volontiers des questions métaphysiques sur le monde, la vie et l'homme. Mais nous devrions sans cesse nous demander à nouveau : pourquoi vivons-nous avec tant de douleur et d'efforts, alors que nous savons que nous ne serons sur cette terre qu'une seule fois, et que nous n'avons qu'un temps si bref et irremplaçable dans ce monde indescriptiblement beau ?

*

Le parking devant l'hôtel est vide, et à la réception, un jeune Navajo me soutient que toutes les chambres sont prises, à part une spéciale, à 380 dollars la nuit. Impossible! C'est scandaleusement cher, dis-je. Le parking est vide, mais il m'affirme que c'est la seule chambre de libre. Ce gamin n'est quand même pas en train de me punir parce que je suis à ses yeux un homme blanc, un touriste sur ses terres. « Jeune homme, ça fait déjà deux nuits que je n'ai pas fermé l'œil, l'hôtel est vide, tout ce que je veux, c'est un lit pour me reposer un peu ! » Il secoue la tête, il n'y a pas de lit disponible. Ce n'est quand même pas possible qu'il me voie comme ça, qu'il me punisse à cause de ça. Alors, je dis : « *Look at me, young man!* Regarde-moi bien : *I am not white!* » Attirés par nos éclats de voix, les employés de l'hôtel commencent à se rassembler dans son dos, avec des sourires déconcertés. Je sors. Comment le dire autrement ? Je ne suis pas un Blanc! Toujours, et sur chaque continent, je suis une minorité menacée. Musulman pour les Européens. Européen pour les Asiatiques. Et pour les Américains… Il m'est arrivé plusieurs fois ici qu'on me dise : « *Go back to Russia!* », et encore, ça relève des blâmes identitaires les plus bénins. Pourquoi est-ce à moi qu'arrivent immanquablement les amendes pour les fautes des autres ? Toujours à découvert, sans abri, prêt à l'avance à recevoir des coups. Et je transporte avec moi les queues de tous les obus tombés sur les maisons où j'ai vécu, comme preuve de survie, et comme avertissement. C'était un bref, et rapide, accès d'auto-apitoiement. Mais ai-je moi, *ici*, le droit à l'auto-apitoiement ?

Ça fait déjà deux nuits que je n'ai pas fermé l'œil, dehors, il tombe une petite pluie fine, je suis bien plus triste que ce que je suis prêt à admettre. Nous sommes dans un désert qui appartient à la catégorie des « déserts d'altitude », et il fait froid.

*

J'ai envie de m'endormir dans le confort d'un lit de motel, mais mon fils s'y oppose et me demande : y a-t-il plus grand confort que de dormir en plein air, à la belle étoile ? Il n'y a pas si longtemps, au cours d'un voyage comme celui-ci, quelques heures avant le lever du soleil, nous nous étions endormis dans cette même voiture sur un parking en Virginie-Occidentale. Au matin, je m'étais bloqué le cou. Heureusement que nous oublions vite la douleur. Je me rappelle que j'avais mal ce matin-là. Et je me rappelle qu'à peine réveillé, j'avais regardé de la voiture un jeune homme qui, dans les lueurs de l'aube, changeait le texte sur le panneau publicitaire d'un restaurant de l'autre côté de la rue. Le panneau était juché au sommet d'un haut poteau, et à l'aide d'une longue perche prévue à cet effet, il soulevait habilement les lettres magnétiques et les alignait pour composer un bref texte, des informations sur le prix et le contenu du petit-déjeuner du jour. Le ciel était bas, et il levait les lettres sans cesser de regarder en haut, vers le panneau dont le sommet touchait les nuages. Et j'avais pensé : si je devais faire son travail, avec la douleur que je ressentais alors, je n'aurais pas la force de regarder le ciel et de soulever les lettres au-dessus de ma tête. Je n'ai jamais trouvé les lettres aussi lourdes que ce matin-là, dans une petite ville nommée Fayetteville.

*

Une voiture vient de s'arrêter devant le portail du Monument Valley Navajo Tribal Park. Un Navajo, ses longs cheveux en queue-de-cheval, passe la tête hors de la cabane à côté du portail et tente sans succès (car ils insistent pour obtenir davantage d'informations) d'expliquer à un couple d'Américains grisonnants dans une voiture de prix à la capote baissée pourquoi le parc est fermé, il leur demande de faire demi-tour et de repartir dans la direction d'où ils sont venus. Las de fournir des explications, soudain, au beau milieu d'une phrase, il passe de l'anglais à sa langue, le navajo… Il parle, ils l'écoutent même s'ils ne comprennent pas un mot. En réalité, ce n'est que maintenant qu'ils ne le comprennent pas qu'ils l'écoutent. Et ensuite, une compréhension mutuelle est établie.

*

Aujourd'hui, nous avons roulé dans le nord de l'Arizona, vers l'ouest et, fatigué, je me suis endormi sur mon siège. J'ai dormi une heure, pas plus, mais, manifestement encore marqué par la conversation téléphonique de la veille, j'ai fait un rêve étrange. Dans mon rêve, Aleš me conduit à l'aéroport. « Elle est belle, ta ville, Ljubljana », je dis. Il me sourit, satisfait. C'est une journée ensoleillée. Nous nous arrêtons sur un petit parking devant une maison familiale ; sur la droite, un arbre singulier, une étrange fleur pousse au milieu du tronc, dont goutte une épaisse résine verte. Je regarde Aleš couper soigneusement au sécateur la longue tige au sommet de laquelle se trouve la fleur rouge, semblable à du pavot. Il est très important que cette résine n'entre pas en contact avec la peau, car elle est toxique. Cette fleur est rare, me dit-on dans mon rêve, et ne fleurit qu'une fois tous les cent ans. Je demande :

« C'est quoi, cet arbre ? »

Et il répond :

« Un érable. »

Et, comme pour se justifier, il explique :

« J'ai besoin de cette fleur pour un nouveau poème. »

Quand je me réveille, j'ai deux fenêtres mentales par lesquelles regarder. L'une donne sur la réalité, et l'autre, à rebours, sur le rêve dont je viens d'être tiré. Si l'image du rêve est intense, alors, c'est la première chose à laquelle je pense en me réveillant, et c'est une raison pour retenir ce rêve.

*

Quand Harun, en conduisant, lève sa main gauche sur le volant, son auriculaire s'écarte du reste de sa main, et il est tordu au bout. Il s'est violemment écrasé ce doigt sous le couvercle en fer de la bouche d'égout dans notre cour. C'est arrivé il y a plus de vingt ans. Te souviens-tu aujourd'hui de cette douleur ? C'était la guerre, les hôpitaux débordaient de blessés. Nous avons sauvé ton doigt grâce à un onguent à base de plantes, un homme nommé Handžić était réputé pour la fabrication de ce baume. Cet onguent, soi-disant, avait soigné les blessures de toute la longue histoire des guerres bosniennes, aussi loin que remonte la mémoire. J'avais emmailloté la blessure du « petit guerrier » dans de la gaze, et tout s'était bien fini, à ceci près que le doigt, à la racine de l'ongle, est resté un peu tordu.

Tu as toujours eu peur des médecins. Tu as trois ans, une épine de rose plantée dans la paume, je t'ai emmené aux urgences, où travaillent ce jour-là des bonnes sœurs. Tu refuses d'entrer dans le cabinet, elles t'encouragent et essaient de t'amadouer. Tu te dégages, tu hurles et protestes énergiquement :

« Non, je ne veux pas ! »

Pour les blesser, tu t'écries :
« Pingouins ! Espèces de pingouins ! »
Et les bonnes sœurs rient.
L'odeur des cheveux du petit garçon de trois ans est restée gravée dans ma mémoire.

*

Paga, Arizona. Après deux nuits sans sommeil, nous voilà à l'hôtel. Je me douche. J'attends que le paresseux filet d'eau déloge le petit fil bleu qui est tombé de ma chemise, et s'est niché dans le renfoncement de mon nombril.

*

Étendu sur le lit d'hôtel, Harun passe en revue les photos prises aujourd'hui, de sorte que son ordinateur risque sans cesse de basculer du rebord du lit et de tomber par terre. C'est toujours comme ça avec lui, il y a toujours quelque chose qui menace de dégringoler…

Je me souviens, il pouvait avoir trois ou quatre ans, je le tenais dans mes bras, mais il était agité ; il se dégage de mon étreinte, puis il réussit à s'échapper et tombe, et son tendre menton d'enfant se coupe sur le rebord de la chaise. Au fil de sa croissance, cette cicatrice s'est agrandie. Il ne me l'a jamais reproché, peut-être parce que les hommes aiment leurs cicatrices. Mais sa mère, quand elle ressentait le besoin de me remettre à ma place, me taquinait parfois en me rappelant : « Allez, inutile d'en faire un fromage, tu n'étais même pas capable de le garder dans tes bras quand ce n'était qu'un bébé. »

*

J'ai été réveillé par le bruit d'une porte qu'on ouvrait. Je me suis redressé dans le lit, et ai regardé par la fenêtre l'enseigne en néons violets sur le toit du bâtiment du motel en face. L'espace d'un instant, j'ai regretté d'avoir été tiré d'un rêve agréable. Et c'est en vain que j'ai essayé de me souvenir de ce dont j'avais rêvé. J'ai été réveillé par le bruit d'une porte qu'on ouvrait, et après avoir pris conscience de ce bruit, j'ai par réflexe regardé par la fenêtre et épié les sons au-dehors. Et le rêve s'est évanoui. Si la réalité diurne est intense, et si j'y pense à l'instant de mon réveil, c'est une raison pour que j'oublie le rêve. J'ai été réveillé par le bruit d'une porte qu'on ouvrait. Réveillé, j'ai regardé par la fenêtre. Je me suis extrait du lit, pour découvrir que la porte de notre chambre était déverrouillée. Je suis sorti, et ai contemplé le parking depuis la véranda du motel. Au beau milieu du parking se trouve une piscine ceinte de hauts murs. La saison des bains n'a pas encore commencé, si bien qu'il n'y a pas d'eau dans la piscine, juste quelques chaises longues autour de son cratère ovoïde. Sur l'une d'elles, une femme emmitouflée dans une gabardine grise se balance de gauche à droite, comme pour apaiser une douleur en elle. Je suis du regard la braise de sa cigarette. Sur le parking, une jeep noire vient de s'arrêter, un homme en est sorti, s'est dirigé vers la réception du motel, puis il s'est arrêté, a changé de direction et est arrivé au mur de la piscine. Tout contre la cloison, il écoute. Il ne voit pas la jeune femme, pas plus qu'elle ne le voit. Un mur les sépare. Manifestement, elle n'a même pas conscience de sa présence. Dans le silence, l'homme a posé la paume sur la cloison. Délicatement, comme on pose la main sur le ventre nu d'une femme enceinte, et comme s'il s'efforçait de sa paume ouverte d'appréhender ce qui est hors de portée de ses yeux. Et c'est tout. Il ne s'est rien passé d'autre. Fatigués par la route, nous nous étions endormis dans une chambre de motel sans fermer la porte à clé.

*

Lake Powell. Tandis que nous regardions tous les deux l'eau, je l'ai photographié avec mon téléphone. Il porte mon tee-shirt. Mon père aussi était tout heureux quand il me voyait dans l'un de ses pulls… Mon fils porte mon tee-shirt, et je suis content de la photo que j'ai prise. Une fois, j'ai demandé à Harun de me tirer le portrait, mais de sorte que je ressemble sur le cliché à un mineur (tout comme l'avait été mon père dans la réalité). Et il a pris une photographie sur laquelle mon visage a une teinte plombée, et les pores de ma peau sont pleins de poussière de charbon. Je ne lui ai jamais demandé comment il avait fait. Et en réalité, je ne veux pas le savoir. Car s'il me révélait sa technique, je pourrais penser que je ne suis pas authentique sur ces clichés.

C'est beau ici. Devant nous, sur la rive, est passée une jeune fille qui portait au-dessus de sa tête un kayak à l'envers, tel un énorme couvre-chef jaune qui nous dissimulait son visage. Au loin, la chaudière de la centrale électrique, au-dessus de laquelle s'élèvent trois stables demi-sphères, comme des boules de glace. C'est un lac artificiel. Je m'y connais un peu. J'ai grandi au bord d'un lac artificiel, Modrac. Le long de la rive bruissaient dans le vent de hautes herbes sèches, d'où s'envolaient devant nous les faisans que nous avions dérangés. Ma mélancolie s'est formée sur l'artificialité de ce lac. L'eau avait rempli la vallée, des vagues au-dessus des arbres et des toits des maisons. Et je me souviens des sommets des peupliers qui émergeaient de l'eau ; nous attachions notre barque à leurs branches. Mon père avait sauté de la barque et plongé, il voulait voir sous l'eau les ruines de son école. C'était là qu'il avait appris à lire.

*

Modrac. Je suis profondément attaché à mon enfance, qui a été, pour le dire simplement, heureuse, mais j'ai très rarement écrit à ce sujet, car je n'ai jamais maîtrisé l'art de me motiver à écrire sur des jours remplis de bonheur. Il est beaucoup plus facile d'écrire sur des événements problématiques, sur des jours sombres et tragiques. Quand nous sommes arrivés ici, nous n'avions qu'une seule adresse mail, pour les trois membres de notre famille. Modrac arobase aol point com. Le mot « modrac » était pour mes nouveaux, mais aussi pour beaucoup de mes vieux amis, une inconnue, ou alors il ne revêtait qu'une vague signification liée à la couleur bleue, *modro* en bosnien, peu de gens savaient que c'était le nom d'un lac, même artificiel. Je me souviens d'un malentendu survenu à cette époque. À plusieurs reprises, une de mes connaissances européennes, un poète, dans ses textes journalistiques et ses essais, quand il me mentionnait par mon nom, y ajoutait systématiquement le qualificatif de sage. Au début, j'en ignorais la raison, et ensuite, j'avais compris. *Mudrac*, sage, en bosnien ! Il avait donc cru que telle était la signification du mot *modrac*. Il avait pensé que je me qualifiais moi-même de sage, et que c'était pour cela que j'avais intégré ce mot à mon adresse mail. Horreur ! Les autres, en général, nous voient comme nous n'aimerions pas être vus. Et la manière dont nous voient les autres est la racine de notre honte.

*

Les meilleures photographies sont toujours celles que l'on n'a pas prises. Et c'est bien comme ça. Tout n'a pas besoin de finir en photo. Le plus important doit rester dans les souvenirs.

C'est une journée ensoleillée, la route serpente dans la vallée encaissée. La ligne blanche au bord de l'asphalte s'évanouit dans le lointain. Nous sommes sortis de la voiture pour nous dégourdir les jambes, et pour qu'Harun prenne quelques photos de la route. Une belle immensité vide autour de nous.

Le parfum âcre des plantes. C'est le printemps, et la gravitation céleste fait s'élever à la verticale les fleurs et les herbes. Le vent souffle. Ce n'est pas un vent fort. Une brise. C'est alors que devant nous, une balle de ping-pong se met à dévaler la pente de la route. D'où peut-elle bien venir ? Ce n'est quand même pas ce souffle de vent qui l'a dégagée des pierres sur le bas-côté ? Elle roule un peu, puis s'arrête dans l'herbe rase de l'autre côté du chemin. Et je m'écrie : Je sais d'où vient cette balle ! Elle nous est arrivée de mai 1980. Dans le jardin botanique du Musée national, de jeunes employés jouaient au tennis de table. Ce matin-là, j'avais été réveillé par le bruit monotone de leur jeu. Mais ensuite, la balle s'était perdue dans les fourrés le long de la barrière, et après cela, pour ma plus grande joie, le silence était revenu. Parmi les plantes locales, il y avait là également un arbuste endémique d'un autre continent transplanté au jardin botanique du Musée national, sous les fenêtres de ma chambre d'étudiant de la rue Franjo Rački, au numéro 2.

*

Nous roulons. L'automobile est un instrument de temps. Ce que ne peut être l'avion. En voiture, sur la route, tu es réduit à ton existence pure, et le corps est concentré sur l'instant présent. L'avion, c'est autre chose, un vol d'un endroit à un autre, une condensation forcée du temps qui abolit complètement notre vécu réel de l'espace. Nous avons de nombreuses fois roulé tous les deux d'une côte à l'autre des États-Unis. En général, je suis toujours de mauvaise humeur avant un voyage, mais ensuite, une fois que je suis sur la route, je m'abandonne, et ce constant changement de paysage me fait du bien. Quand je suis sur la route, je m'oublie, et je prends conscience du monde extérieur... Nous roulons. Personne en face, seule l'ombre d'un oiseau traverse parfois la chaussée devant nous.

*

Nous roulons derrière une camionnette avec un van à chevaux. Il fait déjà jour. Je regarde saillir à grand bruit des bosses sur la paroi en tôle de la remorque, les empreintes des sabots de l'animal nerveux (ou effrayé).

Et sur notre droite : un groupe de soldats, hommes et femmes, en uniformes vert et brun, se déplacent lentement dans toutes les directions, tous les yeux baissés, comme s'ils cherchaient une boucle d'oreille perdue dans le désert.

*

Harun a élaboré l'itinéraire de notre voyage, et il n'en démord pas. Quand nous sommes sur la route, nous ne nous entendons pas sur grand-chose, l'un d'entre nous est toujours au bord de la crise de nerfs. Je lui demande : « Il faut vraiment qu'on fasse toujours ce que tu veux ? » Je me souviens, un peu avant la guerre, le Théâtre pour la Jeunesse de Sarajevo avait monté *Hamlet*, mais avec des enfants comme acteurs. Mon amie Kaća Čelan, la metteuse en scène, m'avait demandé si Harun (il avait à l'époque six ou sept ans) pouvait jouer le jeune Hamlet. Quand je lui avais transmis la question, il avait froidement répondu : « Non... » Avant de se raviser. Oui, il voulait jouer, mais seulement à condition d'être aussi à la mise en scène ! Pendant notre voyage, tout doit se passer comme il veut. Ce n'est qu'une fois qu'il m'a eu emmené dans le désert (Death Valley) que quelque chose en moi s'est calmé, j'ai arrêté de me plaindre, j'ai commencé à apprécier l'air, la nourriture, tout…

*

Une station-service abandonnée. À des kilomètres à la ronde, il n'y a rien, la végétation rase du désert et un ciel sans nuages. Sur le parking envahi de mauvaises herbes, une Ferrari rouge, neuve, la capote baissée ; le moteur est éteint, mais la clé est sur le contact, et il y a des chaussures au sol devant le siège du conducteur. Le bâtiment à côté de la pompe est une ruine sans porte, il n'y a personne à l'intérieur. Autour, l'immensité vide, et nous nous demandons où est le chauffeur. Sur le siège passager, le numéro de mars du *New Yorker*. Et nous avons tous les deux l'impression que quelqu'un nous regarde. Quelque chose ne tourne pas rond. Nous remontons dans notre voiture et roulons en silence une bonne demi-heure. C'était comme si nous nous étions enfuis du scénario d'un film américain connu, dont nous n'arrivions pas à nous rappeler le nom. La semaine dernière, à Arlington, dans la salle d'attente du cardiologue, il y avait sur la table ce même numéro du *New Yorker*, et j'ai lu la moitié du texte en attendant mon tour.

*

Un village de caravanes, disposées en cercle pour former au milieu une petite place. Une place de sable. Il fait déjà complètement noir. Sur la place, un épais faisceau de lumière, un projecteur de cinéma, fait défiler des images mouvantes. D'ici, nous ne voyons pas de quel film il s'agit, mais nous entendons le son éraillé, de la musique et un dialogue incompréhensible. La bande-son du film se mêle aux voix des spectateurs.

*

Le nom de cet endroit est le titre d'un film d'Antonioni. *Zabriskie Point.* Michelangelo – ou Sam Shepard, qui a écrit le scénario du film – était sans doute fasciné par les teintes du sol. Ces tons pastel, ces collines qui semblent avoir été façonnées à la cuillère à glace, dans divers coloris, couleur fraise et menthe, banane et caramel… Tandis que je contemple les montagnes, je sens sur ma langue le goût des nuages. *Zabriskie Point.* Les années soixante étaient l'époque des communautés, de la révolte face à l'ordre social établi. L'idée de la fuite dans le désert est attirante. Partir là où il n'y a personne, ou alors là où personne n'a envie d'aller. Mais c'est également ici qu'a fui Manson, nous avons vu la baraque abandonnée où il avait vécu ; devant la cabane, envahie par les herbes sèches du désert, sa camionnette est rongée par la rouille. La fuite n'est possible que comme acte individuel. Seul un individu peut fuir. Fuir en groupe, même dans le désert, aboutit à une forme d'ordonnancement problématique de la vie en communauté. Charles Manson lui-même a confirmé que la plus petite des communautés tend à un ordonnancement totalitaire, et se solde au final par un massacre. *Zabriskie Point* parle du fait que la fuite est impossible, ou qu'il n'est possible de fuir que seul, et ce uniquement à condition de ne pas être attaché à d'autres personnes, ou à la propriété. Toi aussi, tu le sais. Mais que fuis-tu, mon fils ?

*

À la station-service, Harun vide un sac de glace dans le bidon en plastique bleu où nous stockons nos bouteilles d'eau et de soda. Deux jumeaux suivent avec grand intérêt le moindre de ses mouvements. Ils peuvent avoir trois ou quatre ans, il a les cheveux courts, elle de longs cheveux lisses blonds comme les blés (comme c'est souvent le cas chez les petites filles de l'Iowa ou du Nebraska). Et malgré la différence manifeste de leurs coiffures, on remarque très facilement leur ressemblance. Des jumeaux. Harun ouvre au couteau le sac transparent, le soulève au-dessus du seau en plastique bleu dans lequel il a déjà rangé quelques bouteilles d'eau, et verse dessus une partie de la glace. Il s'acquitte de toute cette opération lentement et consciencieusement, avec beaucoup de soin, prenant garde à ce qu'aucun glaçon ne rebondisse sur le bord du bidon et ne tombe sur l'asphalte. Et ensuite, pour une raison connue de la seule conscience enfantine, les jumeaux ont tous les deux simultanément éclaté en sanglots. Leur mère est apparue derrière une grosse jeep et les a patiemment, un par un, pris dans ses bras pour les ramener dans le véhicule. Elle a fait un signe de la main dans notre direction, comme pour s'excuser des pleurs de ses enfants, puis est elle-même montée dans la voiture. Une jeune mère, belle, elle avait un bandana jaune accroché autour du cou.

*

Il est minuit pile ! Nous passons du 18 au 19 avril. Nous sommes sortis de la voiture dans un noir d'encre pour que tu me montres le ciel. Et de fait, je n'avais jamais vu autant d'étoiles. Le ciel nocturne est, pour ainsi dire, le seul panorama dont nous pouvons être sûr qu'il s'offre à nos yeux depuis déjà des milliers d'années. En regardant les étoiles, je deviens mon ancêtre anonyme qui, la tête levée, voyait plus ou moins la même chose que ce que je vois aujourd'hui dans le noir, à un endroit nommé Badwater Basin, à 85 mètres au-dessus du niveau de la mer.

*

Une fois seulement, j'ai vu encore plus d'étoiles dans le ciel. C'était une nuit d'hiver, en janvier 1993, nous étions sortis à minuit d'un appartement en plein centre de Sarajevo, le cœur éclatait de froid, et le ciel était clair, semé d'étoiles gelées. Jamais le ciel au-dessus de la vallée de Sarajevo n'avait été si découvert et nu que cette nuit d'hiver, dans une ville sans électricité. Nous nous étions arrêtés pour le regarder, émerveillés, et mon ami Ivan, de son ékavien traînant de Belgrade, avait lancé : « Le cieeeel étoilé au-dessus de nouuuus, et la loi moraaaale en nouuuus ! »

*

Nous avons bifurqué de la route principale, et maintenant, nous sinuons sur une piste en macadam. Harun cherche une élévation d'où il pourra filmer au crépuscule le désert dans la vallée, et le ciel au-dessus. Il filme en *time-lapse*. Nous n'avons pas de traduction adéquate pour le mot *time-lapse*. Je pense que dans notre langue aussi, cette méthode de tournage et d'assemblage de photos en une vidéo finira par s'appeler time-lapse. Tout comme le macadam s'appelle macadam. Et le mot « macadam » vient de McAdam, du nom de l'homme qui a inventé cette technique de stabilisation des chaussées au moyen de pierres concassées. Je me souviens que dans mon enfance, ils recouvraient les pistes de macadam. Et je me souviens de la peur, car les automobilistes imprudents, en conduisant vite, faisaient jaillir les graviers sous leurs roues, blessant les enfants au bord du chemin. C'était peut-être la vérité, ou peut-être que nos mères voulaient juste nous faire peur et nous éloigner de la route. Lucia Berlin (j'ai lu son livre dans l'avion) a écrit une nouvelle très courte intitulée « Macadam ». Elle y parle de cette joie du macadam qui recouvre la poussière rouge des pistes de son enfance au Texas. Et à la fin, elle dit qu'elle répétait à voix haute, pour elle-même, « macadam, macadam », parce que ce mot sonnait comme le nom d'un ami cher. Et ce qui suit est l'un des épisodes les plus marquants de ma petite enfance, l'un de mes premiers souvenirs. Je suis assis dans la véranda de bois d'une maison, et je regarde la route devant moi, sur laquelle on est en train de déverser du macadam. Et ensuite, lors du croisement d'une charrette à cheval avec la pelleteuse et sa pelle métallique aux bords acérés, il y a eu collision : le métal tranchant a ouvert la cuisse du cheval, j'ai vu la blancheur de l'os, il n'y avait pas beaucoup de sang, le cheval tremblait, sous le choc, il était impossible de le calmer. Et c'est la même tristesse que je ressens un demi-siècle plus tard, en m'en souvenant.

*

Le pare-chocs avant est cassé, si bien que la camionnette d'Harun évoque un bagnard édenté. Conscient de son aspect menaçant, il en a tiré parti aujourd'hui sur la Artists Drive, une étroite route à sens unique qui serpente entre les montagnes au cœur du désert de la Death Valley ; il roulait juste à côté d'une Toyota Prius blanche, dont le conducteur a manifestement pris peur, et s'est arrêté pour nous laisser passer. Dans ce pays, les gens ont les camionnettes en aversion. Le préjugé est qu'elles appartiennent en général à des hommes blancs de l'intérieur des terres, avec un drapeau confédéré qui flotte au vent au-dessus de leur pick-up. Le fait est que nous avons vu en chemin nombre de ces véhicules avec des messages racistes, le plus souvent anti-Obama, sur des autocollants à l'arrière. Et avant-hier, nous en avons regardé un de près, sur une camionnette Ford bleue garée à côté du Lake Powell : « MUSLIMS GO HOME AND TAKE OBAMA WITH YOU ! »

*

Dans le désert, le pneu avant droit crève. Harun change la roue. L'appareil photo se balance sur ma poitrine, et de temps en temps, je le braque dans sa direction. Le fait que je le prenne en photo pendant qu'il travaille, manifestement, l'agace. La semaine dernière, je lui dis, j'allais à mon rendez-vous médical, ils venaient de réasphalter la route, et j'ai entendu un *clac*, mais j'ai pensé qu'un gravier du macadam avait ricoché sur le dessous de ma voiture. Derrière moi, un homme n'arrêtait pas de klaxonner, ça m'a énervé, je me suis retourné et je l'ai insulté, je lui ai fait un doigt d'honneur, alors que je ne savais même pas ce qu'il me voulait. Ce n'est qu'une fois arrivé sur le parking de l'hôpital que j'ai vu que j'avais crevé. Le malheureux klaxonnait pour m'avertir, et je l'avais insulté ! Je ne sais pas changer une roue. J'ai appelé la dépanneuse. Ça s'est passé la semaine dernière, je dis. Il change la roue. En silence.

*

Et plus tard, au restaurant, il refuse de manger.

« Qu'est-ce qui se passe ? »

– J'ai avalé du sable en changeant la roue, et maintenant, j'ai la nausée. »

J'ai avalé du sable, tu dis.

Novembre, nous sommes en 1992, Sarajevo est dans le noir. À la lumière de la lampe à pétrole, j'ai écrit toute la nuit. Réfugiés dans notre propre ville, nous vivions au rez-de-chaussée de la maison de connaissances qui avaient fui en

Égypte. J'avais aligné sur la table devant moi des photographies en noir et blanc, et je décrivais leur contenu. Sanja et toi dormiez dans cette même pièce. Et je me souviens, notre chambre était séparée de la chaufferie par une porte vitrée. Il s'y trouvait une cuve à mazout en tôle qui avait chauffé la maison en temps de paix, et nous utilisions cette pièce pour stocker du bois. Ce soir-là, j'avais extrait au moyen d'un tuyau en caoutchouc le fioul du fond de la cuve, je me souviens que j'avais aspiré d'un coup un filet de liquide sombre, et de toute la nuit, je n'avais pas pu me débarrasser de son goût. J'avais rempli de ce mazout la vieille lampe à pétrole, qui éclairait la table à laquelle j'étais assis pour écrire. C'est alors que tout était arrivé. Le soleil s'était levé, mais la lumière refusait d'entrer par la fenêtre de notre chambre. Dehors, il faisait déjà jour, mais dans la chambre, il faisait nuit noire. Vous vous étiez réveillés, et c'est alors que j'avais découvert, horrifié, que tout était noir autour de moi, les photographies sur la table étaient noires, les couvertures des livres noires, mes mains noires, la table noire, les édredons sous lesquels vous aviez dormi noirs, ton visage et celui de Sanja – noirs d'encre tous les deux. Nous nous regardions sans nous reconnaître. La suie noire du fioul de la lampe avait tout recouvert. C'était une image de pure horreur. Comme si nous nous étions réveillés dans un autre monde.

Je me suis souvenu de ce lointain matin, quand tu as dit : « … j'ai avalé du sable, et maintenant j'ai la nausée. »

*

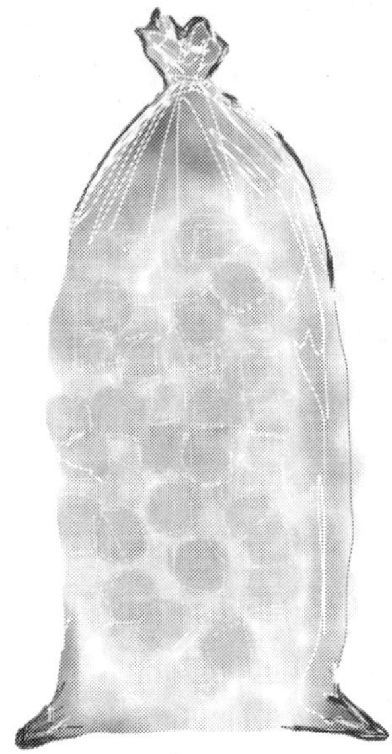

À la station-service. Nous sommes entrés pour acheter des cafés, et nous sommes ressortis avec deux gros sacs de glace, nous n'avons nulle part où les mettre, j'en ai posé un à mes pieds, l'autre sur mes genoux. Mon téléphone a sonné, et la voix à l'autre bout du fil a demandé : « Qu'est-ce que tu fais ?
– J'enlace un sac de glace. »

*

Nous filmons la glace qui fond. Et ça sera une vidéo de la réalité concrète du désert, une image de l'indéniable chaleur. Toutes les vingt-cinq secondes, l'appareil prend une photo. Raccordés ultérieurement, ces clichés deviendront une vidéo qui accélère le processus de fonte. D'où vient donc notre besoin d'accélérer le cours du temps ? De notre impatience d'arriver dans un futur proche où nous avons projeté nos menus désirs. C'est sans doute plutôt notre besoin de ralentir le cours du temps qui devrait être naturel. Mais d'où vient donc ce désir si fort d'accélération ? Pourquoi sommes-nous constamment pressés d'arriver dans l'avenir ? La fonte de la glace, qui a l'air rapide dans le film, est une image du temps que l'on ne peut plus rattraper. Ou peut-être que finalement, le temps n'existe pas…

Nous nous protégeons du soleil brûlant sous un grand parapluie noir.

Mais ensuite, des motards rugissants sont arrivés. Au premier abord, gonflés par leurs blousons Harley Davidson, ils avaient l'air dangereux, et avant même qu'ils ne nous aient adressé la parole, tu as dit : « C'est moi qui vais leur parler. » Cette affirmation est quelque chose de nouveau pour moi. Tu dis ça parce que tu penses que tu t'en tireras plus facilement avec ces types à l'air menaçant. À moins que tu ne me mettes en sourdine à cause de mon fort accent slave susceptible d'irriter des patriotes américains ? Mais même toi, après toutes ces années, tu n'as pas perdu ton accent. Ou alors, tu penses que contrairement à moi, ces situations ne te sont pas étrangères, parce que tu passes beaucoup de temps sur les routes, que tu dors à la belle étoile, dans la montagne, dans le désert, et que tu rencontres au passage toutes sortes de spécimens du genre humain ? Quelles que soient les raisons, les conclusions sont manifestes : le 18 avril 2015, dans le désert américain, je suis plus étranger que toi. À dire vrai, je suis étranger partout dans le monde, dès que je passe le seuil de ma porte, j'ai un pied dans l'abîme.

Les motards nous ont demandé s'ils pouvaient s'abriter du soleil sous notre parapluie. Le jeune homme qui nous a abordés avait un accent prononcé. Puis ils se sont présentés :

des Allemands de Darmstadt, ça fait déjà deux mois qu'ils voyagent dans le Nouveau-Mexique, l'Arizona et la Californie. L'un d'entre eux a la bouche complètement blanche, ses lèvres sont comme enduites de craie, comme s'il était déjà complètement déshydraté. J'ai révélé que je travaillais pour la télévision allemande (ARD), et passé ces présentations, nous nous sommes tous sincèrement réjouis ! Intéressant : vus de Bosnie, les Allemands sont extrêmement différents de nous, les gens du sud. Mais ici, sur un autre continent, surtout depuis que je travaille pour eux, j'ai découvert que nous avions beaucoup de points communs. Ce sont des mondes proches, à moins qu'il ne s'agisse que d'une impression trompeuse par contraste avec l'étrangeté américaine ? Quoi qu'il en soit, dans le désert de la Death Valley, nous sommes une petite tribu perdue, sous ton parapluie.

*

Darmstadt. À l'automne 1999, au moment de la Foire du livre de Francfort, en compagnie de grands auteurs balkaniques, je logeais à l'hôtel Jagdschloss, à Kranichstein, près de Darmstadt. Des journées en gros pluvieuses. Il pleut toujours en Allemagne. Nous discutions de littérature et de politique. Le dernier jour, à midi, le soleil avait pointé le bout de son nez. Et ceci est l'unique image de ces quelques jours passés là-bas dont j'ai un souvenir vif :

Le poète Ali Podrimja fumait un cigare devant l'hôtel et tenait à la main un étui en bois vide de Davidoff. Sur le mur de béton, un escargot progressait lentement. Le poète avait posé le couvercle en bois devant l'escargot, s'attendant, je suppose, à ce que l'escargot entre lentement dans la boîte à cigares.

Je lui demande : « Qu'est-ce que tu fais ? »

Et Podrimja répond : « J'établis le dialogue. »

*

Nous nous sommes assis à l'endroit où la glace avait fondu, et sommes restés ainsi assis sur la terre nue une minute ou deux, le temps que tes appareils prennent quelques photos de nous. Quand nous sommes retournés à la voiture, tu as rapidement passé en revue sur ton petit écran les quelques clichés pris, et nous avons regardé avec attention l'un d'entre eux, sur lequel nous étions tous les deux. Une photographie est réussie – je paraphrase Barthes (*La Chambre claire*) – si elle comporte un détail, un « punctum », dont le magnétisme fait que nous y revenons plusieurs fois. Et le « punctum » de notre photo réside dans une symétrie évidente. Tu presses ton bras gauche de ta main droite. C'est un mouvement inconscient, tandis que tes yeux sont tournés vers l'objectif, et que tu attends que l'appareil photographie mécaniquement la scène devant lui. De la même manière, je regarde moi aussi vers l'objectif, et presse mon bras gauche de ma main droite. Le même mouvement inconscient.

*

Tu te souviens de M. ? Le photographe ? Nous devions être en 2002 ou 2003, j'avais emporté une pellicule pour la faire développer (à cette époque, il y avait des laboratoires de tirage photo partout, la photographie numérique n'avait pas encore pris le dessus). Quand, quelques jours plus tard, j'avais récupéré l'enveloppe avec les photos développées, j'avais trouvé parmi elles certaines dont j'avais cru, au premier coup d'œil, qu'elles étaient arrivées là par erreur. Mais elles représentaient tout de même quelque chose de connu. Il m'avait fallu quelques instants pour y reconnaître des objets de notre appartement : des flacons de médicaments ; le *Washington Post* du dimanche par terre à côté de la poubelle ; mes chaussures que j'avais ôtées en vitesse dans le couloir, etc.

À cette époque, tu te souviens, M. était l'un de nos amis. Quand il venait chez nous, il commençait toujours par déambuler dans toutes les pièces de l'appartement, il jetait un œil partout avant de s'asseoir dans un fauteuil, et ensuite seulement, il se mettait à parler. Il n'y avait là rien d'agressif, au contraire. Photographe, il avait autrefois travaillé pour *Time Magazine*, voyagé dans des zones de conflit, au Liban, au Salvador et au Nicaragua. Des scénarios avaient été écrits d'après ses expériences de guerre, dont un film qui traitait des derniers jours du règne de Somoza. Un mauvais film, mais qui comporte une scène très forte : après la mort du leader de la guérilla, la nouvelle de son décès s'était répandue à toute vitesse, et de peur que cela ne mine le moral des troupes, conduisant à la défaite, on avait demandé au photographe de faire un portrait de l'homme mort de sorte qu'il ait l'air d'être en vie. C'est alors qu'avait été prise cette photographie, avec le journal du jour sur la table devant le leader mort aux yeux grands ouverts, cliché qui paraîtrait le lendemain dans ce même journal pour prouver que le dirigeant était, contrairement aux rumeurs, vivant. Pourquoi est-ce que cette scène me plaît ? Parce qu'il y a en elle toute la force ultime de la photographie, et parce qu'aucun autre média ne peut répondre à cette requête de « ranimation ».

En parcourant nos pièces, M. avait photographié avec mon appareil tout ce qui avait paru intéressant à ses yeux. Si on m'avait demandé mon avis, je n'aurais jamais pris ces photos, et le fait est qu'elles en disent long sur moi. Il est intéressant de découvrir comment les autres nous voient. Il est intéressant de voir son monde par les yeux des autres, même quand tu regardes un journal dont tu sais de source sûre que tu l'as feuilleté, mais dont tu ne te rappelles plus aucun article.

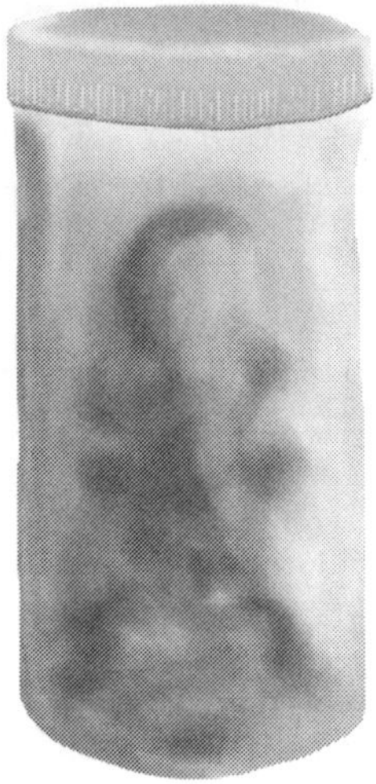

*

Les températures sont si élevées qu'aucun être vivant n'habite cette partie du désert. Il n'y a pas de serpents, ni de scorpions. Et ensuite, je me suis souvenu. Vers le début de la guerre, en mai ou juin 1992, nous vivions dans l'atelier du collectif d'artistes Zvono, avec le peintre Sead Čizmić, le photographe Kemal Hadžić et leurs compagnes. Il y avait là beaucoup de parois vitrées, c'était un lieu de vie pour le moins risqué, mais il y avait dans l'immeuble voisin un abri antiatomique, où nous nous réfugions quand les grenades se mettaient à pleuvoir sur notre quartier. Une fois, je m'étais rendu avec Sead à Golobrdica, où il louait un appartement avec une magnifique vue dégagée sur la ville et sur le Trebević. Nous n'étions pas restés longtemps, juste ce qu'il fallait pour qu'il récupère le reste des vêtements qu'ils avaient laissés en partant. Les pannes d'électricité se faisaient déjà de plus en plus fréquentes en ville, c'est pourquoi les gens faisaient des réserves d'eau dans leurs baignoires. Tandis que Sead rassemblait les choses que nous étions venus chercher, j'avais inspecté les lieux avec intérêt, et aperçu un scorpion noyé dans la baignoire remplie. Je n'en avais jamais vu en Bosnie avant. Un *akrep* à Golobrdica. Je l'avais récupéré dans l'une de ces boîtes à pellicule transparentes Kodak, celles avec un couvercle jaune, et l'avais rapporté à Harun. Et pendant un certain temps, il l'avait gardé comme jeu pendant la guerre, mais ensuite, la boîte avec l'*akrep* s'était perdue. L'*akrep* (turcisme pour « scorpion ») : sa mention s'accompagne systématiquement de la précision « mais ceux de chez nous ne sont pas venimeux » (comme si c'était censé être une particularité culturelle ou ethnique), mais il est en Bosnie plus présent dans la langue que dans la réalité.

« Tu avais neuf ans à l'époque… Tu te souviens de la petite boîte à pellicule Kodak ? » Et il dit : « Vaguement. »

*

Furnace Creek. Nous sommes installés dans le jardin d'un restaurant. À la table voisine, les motards allemands ont ôté leurs bottes et leurs chaussettes, la chaleur écrasante du désert les a contraints à se débrailler. Ils ont coupé des citrons en quartiers, et parlent fort. Puis ils se lancent les tranches de citron sucées à la tête. Les consonnes allemandes dans l'air sec autour de nous.

Harun est bougon, parce que je le ralentis dans son voyage. Je dis : « Y a-t-il au monde quoi que ce soit de plus compliqué que la relation père-fils ? »

Nous avons tous les deux de fréquentes crises de mélancolie. Nos angoisses sont la conséquence de la guerre. À moins que la guerre, dans mon cas, n'ait fait que renforcer ce sentiment, car la mélancolie ne m'était pas étrangère même dans ma plus tendre enfance. Et quand je pense à mes premières expériences d'insoutenable angoisse, j'ai dans la tête l'image de la décomposition automnale du monde, les forêts de novembre qui sentent la pourriture. J'écris rarement sur mon enfance, comme si je la fuyais. Si fuite il y a, alors, je fuis les forêts de novembre. Ton enfance a été différente. Tu as très tôt pris l'habitude d'aller en montagne, dans la cabine rouge du téléphérique de Sarajevo pour Trebević, avant de continuer à pied, jusqu'au sommet, par des sentiers de chèvre. Tu as mémorisé les pierres, les arbres et les bunkers abandonnés, vestiges de la Première Guerre mondiale. J'aimerais découvrir jusqu'où remontent tes souvenirs, mon fils. Aujourd'hui, je te demande si tu te souviens du téléphérique pour le Trebević. Et tu dis :

« Je me souviens de mon enfance en 3D, jusqu'aux plus infimes détails ! »

Mais quand je te rappelle un événement de la guerre, tes souvenirs deviennent défaillants et brumeux. Tu refoules la guerre dans l'oubli.

*

L'homme à la table voisine écoutait notre conversation en me regardant avec défiance. Rien de nouveau sous le soleil, les gens autour de nous montrent une aversion grandissante quand ils entendent parler une langue inconnue. Au cours des vingt ans que j'ai passés ici, j'ai pu voir les États-Unis se fermer, se barricader contre le monde extérieur. Il fut un temps, cependant, où c'était différent. Quand ils entendaient une langue étrangère dans le métro, à l'aéroport, ou au restaurant comme maintenant, cela éveillait de la curiosité, et non de l'aversion, certainement pas de la peur. Vingt ans, c'est beaucoup de temps, les gens passent et les mondes changent. Ici, ils n'aiment plus les étrangers. Et l'homme à la table voisine, comme je le disais, me regardait, désagréablement surpris par la langue étrangère que je parlais.

Mais ensuite, il y a eu un retournement de situation. Un jeune homme souriant en tee-shirt Armani blanc s'est approché de notre table et s'est présenté : « Salut. Je m'appelle David, je viens de Murska Sobota. Ça m'a fait tellement plaisir de vous entendre parler dans notre langue. » Et nous avons discuté ; il nous a dit qu'il avait atterri un mois plus tôt à Mexico City, qu'il voyageait du sud vers le nord, dans quelques jours, il prendrait l'avion à San Francisco pour rentrer chez lui en Slovénie. David a dit que ça lui avait fait plaisir de nous entendre parler « dans notre langue ». Cette langue, la nôtre, est l'une de celles qui étaient parlées en Yougoslavie. Mais ce pays s'est effondré depuis longtemps. La langue de David, le slovène, était aussi la nôtre dans notre État commun. Il était une fois, il y a bien longtemps, un monde dans lequel nous qualifiions différentes langues de *nôtres*.

*

Chaque fois que, en compagnie d'inconnus, je parlais en laissant transparaître mon accent slave, s'ensuivait la question : « Vous venez d'où ? » Et je répondais toujours aimablement. C'était très important pour moi de dire exactement d'où je venais, et d'expliquer où se trouvait cet endroit, au cas où mon interlocuteur n'aurait jamais entendu parler de ce pays auparavant (« En Europe, près de l'Italie »). C'est sans doute le besoin d'être accepté tel que je suis. Et aussi : il y avait chez moi une foi dans l'importance de la discussion, une sorte de sacralité qui venait de la conviction qu'il y a une forme de beauté à rester dans les souvenirs d'un étranger, surtout quand nous les rencontrons pour la première fois, tout en sachant à l'avance que nous ne les reverrons plus jamais. Montrer ma véritable identité, cela signifiait me montrer tel que j'étais en réalité ; je voulais être authentique. Mais que signifie l'authenticité ? Les gens engagent volontiers la conversation, mais pas par pure curiosité, non, par prudence. Ce qui les intéresse, ce n'est pas qui tu es, ils veulent avoir la confirmation que tu es normal, que tu ne représentes pas une menace pour eux. C'est ça, l'*authenticité* qui les intéresse chez toi. Ils ont peur.

*

En bas de ton cerne gauche, j'ai trouvé un cil et je l'ai recueilli, serré entre mes doigts, mais tu es fatigué et tu as refusé de faire un vœu, tu n'as pas envie de souffler sur mes doigts. Depuis ta plus tendre enfance, nous répétons ce rituel : dès que nous trouvons un cil tombé, l'un d'entre nous le serre entre son pouce et son index, et ensuite, tous les deux, nous soufflons trois fois, à tour de rôle, sur les doigts, en faisant chacun un vœu. Puis nous jouons aux devinettes, et celui qui tombe juste – sur quel doigt le cil est resté collé – a le droit de voir son vœu s'exaucer. Le cil est ensuite soigneusement transféré du doigt à l'intérieur du col de la chemise ou du pyjama, sur le sein, pour qu'il ne se perde pas, qu'il reste contre soi, afin que le vœu puisse se réaliser. Je demande : « Est-ce que tu te souviens d'un des vœux que tu as faits ? Et si oui, est-ce qu'il s'est réalisé ? »

À présent, maintenant que ça n'a plus d'importance, je peux l'avouer : moi aussi, j'avais des rêves.

Mes vœux n'étaient pas extravagants, et pourtant, aucun d'entre eux ne s'est réalisé. Je rêvais d'une petite fenêtre donnant sur l'eau bleue. Je m'imaginais vivre à la cinquantaine une vie paisible, avec du temps libre juste pour écrire. Je désirais une auberge ombragée où, le samedi ou le dimanche matin, je retrouverais mes amis pour parler de notre passé. Et j'ai fini exilé sur un grand continent, seul, sans interlocuteur. Étranger. Et en plus, je me suis habitué à cette solitude, je l'ai acceptée comme le prix des erreurs que j'avais commises dans ma vie. Et comme substitut de mes vœux non réalisés.

*

Se distinguer de son père ? Cette tension a toujours existé, il est sans doute naturel qu'à l'adolescence, un fils se compare à son père. Et je me souviens de ton entretien pour t'inscrire à la fac. L'examinateur était venu à Alexandria, vous vous étiez retrouvés au Starbucks au bout de la rue King, au bord de la rivière. C'était le début de l'été, il faisait beau, vous vous étiez installés à un bout de la terrasse, moi à l'autre. La distance entre nous n'était pas grande, si bien que je pouvais entendre votre conversation, pas tout, mais j'étais aux aguets pour en entendre le plus possible, et c'est alors qu'était arrivé l'instant où tu avais dit à l'étranger : « Mon père est écrivain, et je veux m'éloigner de son métier, je veux être différent de lui, et la littérature ne m'intéresse pas ! » Je pense que j'avais alors compris tes raisons, tout comme je les comprends aujourd'hui. La différence, c'est que ta sortie (« la littérature ne m'intéresse pas ! ») m'avait blessé à l'époque, alors qu'aujourd'hui, je me souviens de tout ça avec une certaine tendresse, et de la sympathie pour ton toi d'alors, qui ne savait peut-être pas encore ce que tu voulais, mais savait manifestement ce que tu ne voulais pas.

*

Je travaillais dans les bureaux de Reuters à Washington, et il avait remporté un certain succès avec son film de fin d'études ; convoqué à un entretien d'embauche, il était arrivé en avance, et était venu me voir aux archives vidéo. Je lui avais demandé s'il avait quoi que ce soit contre le fait que j'assiste à l'entretien, et il avait dit non, au contraire. Je l'avais écouté avec intérêt répondre aux questions sur son passé. Et étant donné que son film de fin d'études traitait de la guerre, une question sur le siège de Sarajevo était inévitable. Et il avait alors déclaré : « Je n'avais qu'une envie, quitter cette ville, mais quand on lui parlait de départ, mon père répondait : "Non, je ne veux pas partir, je refuse qu'on me chasse de chez moi !" » C'était la première fois que nous parlions de la guerre si ouvertement, et cette discussion avait eu lieu par le biais d'un intermédiaire, Harun répondait à la question du journaliste, mais c'était à moi que sa réponse était adressée.

*

Que pense-t-il de moi ? Il n'a jamais ouvertement fait preuve de sympathie pour mes choix. Je ne l'ai jamais entendu les approuver, ou me féliciter pour quelque chose. Sauf une fois. À l'époque, il étudiait à Los Angeles, et je m'y étais rendu pour une soirée littéraire, dans un lieu nommé Villa Aurora, connue pour le fait qu'elle avait été le refuge des écrivains et philosophes allemands en exil pendant la Seconde Guerre mondiale, Brecht, Mann, Adorno et consorts, et qu'on y conservait les souvenirs de ces quelques années cruciales. Au moment de mon séjour, la villa était habitée par un couple d'artistes allemands et un journaliste, un Kurde qui, s'il rentrait en Turquie, m'avait-on dit, finirait en prison. Le soir, j'avais fait une lecture, le public était inhabituel, principalement des personnes âgées venues fuir l'ennui de leurs journées, mes mots ne les touchaient pas. Mais j'avais passé un bon moment, notamment parce que j'en avais alors imposé à Harun. Il était accompagné de sa nouvelle petite amie. Et ensuite, lors de la discussion avec nos hôtes autour d'un verre de vin, je l'avais pour la première fois entendu me complimenter, il avait déclaré avec autorité « *Sem is very perceptive!* » (Et, oui, depuis ses tout premiers mots, il m'appelle par mon prénom, depuis toutes ces années, je suis pour lui Sem, à ceci près que, avec le passage à l'anglais, il a commencé à l'accompagner d'une dénomination formelle, et parfois, quand il parle avec ses connaissances américaines, il m'appelle *my dad*.)

D'un autre côté, il n'a jamais fait preuve d'hostilité envers mes choix. Il s'identifiait difficilement à la littérature, surtout avec la poésie, et s'il en lisait, c'était à contrecœur. Plus tard seulement, il a commencé à citer Rumi, témoignant d'une tendance au mysticisme, même s'il avait très tôt élevé une barrière claire entre lui et la religion. Une fois, j'ai essayé de le faire « s'ouvrir », d'apprendre ce qu'il pensait vraiment de la poésie. Il a regimbé, mais il a fini par avouer que les gens qu'il rencontrait, au lycée déjà, et plus encore à la fac, « ont peur de la poésie » ! Je pense qu'il a dit ça comme un compliment pour la poésie, pour son sérieux. Dans son système de valeurs, tout ce qui n'est pas massivement apprécié est bien.

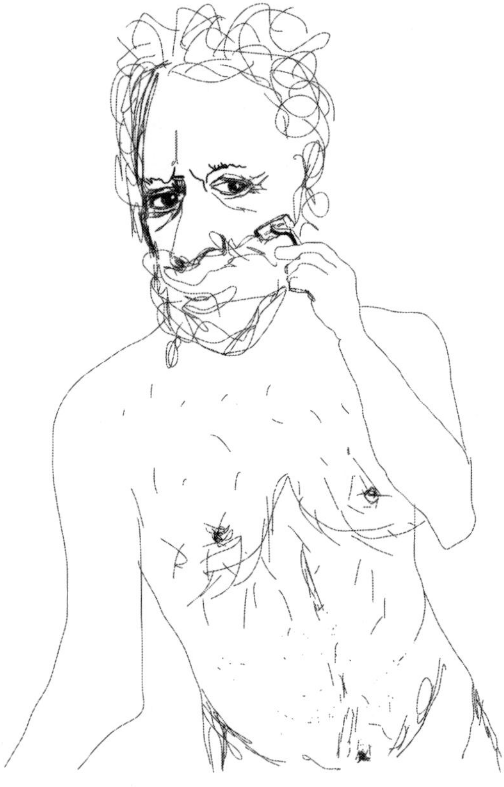

*

Une camionnette noire est garée sur le bas-côté. Dans l'ombre du véhicule, un homme torse nu se rase « à l'aveugle », sans miroir.

Tant que nous sommes sur la route, je me laisse pousser la barbe.

Pendant toute la guerre, les presque quatre ans qu'a duré le siège de Sarajevo, je me suis rasé avec une seule lame.

*

Nos vêtements sont poussiéreux, du sable rouge sur les chaussures, la voiture est poussiéreuse, le pare-brise sale et barbouillé au point qu'on voit à peine au travers. (« Ce sont ces petits moucherons qui s'écrasent sur la vitre pendant qu'on roule. Je n'arrête pas de les nettoyer, et ils n'arrêtent pas de revenir. ») Des milliers de moucherons à peine visibles qui périssent sous les yeux du conducteur ; ces morts microscopiques forment sur la vitre une tache épaisse, que peint perpétuellement un Jackson Pollock invisible au-dessus des routes américaines.

*

Un trousseau de clés se balance à sa ceinture. J'ai déjà vu ça ici, aux États-Unis, principalement chez les jeunes Latinos, les clés qui pendent au ceinturon comme un atour.

Intéressant. Je me souviens qu'il traînait partout avec lui un trousseau de clés du même genre dès sa plus tendre enfance, et essayait d'ouvrir les serrures sur lesquelles il tombait de sa vacillante démarche enfantine.

Je m'intéresse à ses clés, et il me les montre une par une, jusqu'à ce que nous arrivions à celle qui soudain devient la plus importante : « C'est la clé de l'appartement de Sarajevo. »

Un garçonnet de trois ans arpente avec son trousseau de clés le grand parking en bas de notre immeuble et ouvre les portes des voitures. Tout fier d'avoir réussi à déverrouiller le coffre d'une Lada ; en hâte, je le prends dans mes bras pour l'éloigner du propriétaire costaud et moustachu de la voiture, qui montre subitement des signes de nervosité...

Il garde encore la clé de l'appartement de Sarajevo.

*

Beatty, NV. Dans la chambre du motel, j'essaie de me rappeler les mots de passe qui ouvrent mes pages Internet, j'aimerais lire les messages arrivés aujourd'hui dans ma boîte mail et renouer les liens avec la vie réelle... Sur mon ordinateur de bureau, à la maison, ces pages s'ouvrent automatiquement sans que j'aie besoin de mot de passe. Je les ai tous oubliés. Là, je suis sur l'ordinateur portable d'Harun, une machine qui se comporte envers moi comme envers un parfait étranger. Je préférais le passé, avec ses vraies clés. Ça serait bien d'avoir aujourd'hui, au lieu de tous ces mots de passe, un trousseau de clés comme celui qui pend à la ceinture de son jean. Tout était plus simple au XXe siècle, parce que notre vie privée redoutait moins le regard du public, et nous étions plus sereins dans nos solitudes. Mais aujourd'hui, dans ce motel de désert paumé, dans un bled nommé Beatty, pile sur la frontière du Nevada, je fixe l'écran d'ordinateur, j'ai oublié mon mot de passe, et l'espace d'un instant, je me sens perdu, comme si je n'existais pas. Une brève crise d'impuissance. Et parce que je n'avais pas mon mot de passe, j'ai refermé l'ordinateur et, délivré de ma routine quotidienne, j'ai ressenti du soulagement. C'est bon d'être en voyage. Je suis sorti de ma chambre de motel sur la véranda : comme si j'étais sorti de ma propre prison pour retrouver la liberté. Un air bouillant m'a soufflé au visage, alors qu'il est bientôt minuit.

*

Las Vegas. La rue s'appelle Dean Martin Drive. Le mécanicien change le pneu de notre roue. Dans la salle d'attente avec nous, une belle jeune fille assise dans un fauteuil dessine au feutre sur ses jambes nues. Nous commentons ses dessins. Elle ne peut pas savoir que nous parlons d'elle. Une fois le pneu changé, le mécanicien entre dans la salle d'attente, attend que nous finissions notre conversation, et demande : « Vous parlez quelle langue ? »

Quelle langue parlons-nous ? Quand nous sommes arrivés ici, tu étais encore suffisamment jeune pour adopter sans résistance les règles du nouveau monde, et pour que la nouvelle langue te soit plus proche que celle avec laquelle tu étais arrivé. Pour moi, c'est différent, car je n'arrive pas à me détacher du passé, si bien que je suis prisonnier de ma langue. Cela signifie-t-il que toi et moi, le père et le fils, parlons des langues différentes ?

*

Mon monde est dans ma langue, et je n'ai jamais réussi à me mettre à écrire dans la langue du pays où je vis à présent.

Pour être vraiment accepté, pour passer du statut d'étranger à celui de local, la condition *sine qua non* était de me reformater dans cette nouvelle langue. Et c'est de bonne guerre. J'ai choisi de rester étranger. Une fois, il y a dix ans ou plus, après la publication ici de la traduction de mon deuxième livre, une poétesse américaine, dans un restaurant de l'Iowa, m'a expliqué que la solution à tous mes problèmes était de me mettre à écrire en anglais. Elle m'a dit, très sérieusement, que je n'avais qu'à faire une traduction grossière de mes poèmes, elle me ferait une relecture, et je pourrais les publier comme un original. C'est ce qu'elle m'a proposé, littéralement. Je lui ai dit que je n'avais aucun problème à régler. Je l'ai remerciée, et lui ai expliqué que cette unique langue dans laquelle j'écrivais me suffisait, et que je n'avais pas envie d'en changer. Mais après mes explications, ses yeux se sont remplis de larmes. À dire vrai, j'avais été blessé par sa proposition, mais le fait qu'elle se mette à pleurer à la fin m'a complètement désarmé. Je ne savais pas quoi dire, car je ne comprenais pas la cause réelle de ses larmes. Elle ne s'était peut-être pas attendue à ma réaction, et maintenant, elle avait été prise sur le fait, en train de me faire une proposition indécente, ou peut-être que voir en moi un étranger qu'elle n'était pas en mesure d'aider la rendait vraiment triste ? Et elle me regardait comme si elle venait d'apprendre que j'avais une maladie fulgurante.

*

Il y a dix ans, pendant ses études, Harun s'est rendu au département de slavistique pour demander à passer un examen de langue étrangère. La langue étrangère, dans ce cas précis, était sa langue maternelle, mais du point de vue américain, il n'y a pas de doute possible, la langue locale est l'anglais, toute autre langue est étrangère. Le professeur Michael Heim l'a accueilli dans son bureau encombré de livres. Harun s'est présenté, et a demandé s'il était possible de passer un examen. Le professeur lui a proposé de passer l'examen sur-le-champ, s'il se sentait prêt. Puis il a cherché sur l'étagère un livre dont Harun lirait un extrait, afin de confirmer sa maîtrise de sa propre langue. Le professeur Heim a posé le livre sur la table devant l'étudiant, et lui a proposé de l'ouvrir au hasard et de lire la page en question. Et c'est ce qu'il a fait. Harun a ouvert le livre et commencé à lire le texte, s'efforçant de dissimuler son sourire. Le professeur, remarquant le comportement inhabituel de son étudiant, a interrompu la lecture et demandé : « Le personnage de la nouvelle porte ton nom ? » Et Harun a dit : « Oui, parce que la nouvelle parle de moi, c'est moi, le personnage de cette nouvelle. » Le professeur, stupéfait par sa réponse, lui a pris le livre des mains, s'est plongé dans la page ouverte, avant de regarder à nouveau l'étudiant : « Pendant toutes ces années, j'ai lu dans ce bureau de nombreux livres, mais c'est la première fois que je discute ici avec le personnage d'une nouvelle en chair et en os. » Le livre, c'était *Le Jardinier de Sarajevo*, de Miljenko Jergović.

*

Après notre arrivée aux États-Unis, il a rapidement maîtrisé la langue, le nouveau monde s'est ouvert à lui incomparablement plus vite et plus clairement qu'à moi, bientôt il était chez lui, et j'étais encore étranger. Puis est apparu le fossé générationnel. Il a arrêté de poser des questions, mon monde lui était familier comme un livre déjà lu, un film déjà vu, et j'ai commencé à poser des questions sur tout ce qui m'était étranger, et faisait partie de sa réalité. Comme si nous avions interverti nos rôles du jour au lendemain.

Par ailleurs, il s'ouvre difficilement, il ne montre pas ses émotions, ou plutôt, il les dissimule consciencieusement. À l'opposé complet de moi, qui rends immédiatement publics tous mes sentiments. En cela, il se comporte à l'ancienne, tels qu'étaient, et que sont probablement encore, les pères en Bosnie, qui considéraient le fait de montrer ses émotions comme un aveu de faiblesse. Comme si nous avions dans cette répartition interverti les époques, ou les rôles générationnels. Il se comporte envers moi comme un père, et je suis, par rapport à lui, un enfant. Ici, je suis plus étranger que lui. Mais qu'il se voie lui aussi comme un étranger, je le sais à sa réaction face aux touristes asiatiques qui se sont aujourd'hui pris en photo devant sa camionnette, convaincus, sans doute, de l'authentique couleur locale du véhicule et de son conducteur. Ça l'a fait rire, comme s'il s'agissait d'un malentendu. Que nous sommes étrangers, je le sais au silence qui s'installe quand un policier nous arrête sur la route, tandis que, calmement assis dans la camionnette, nous attendons qu'il nous adresse la parole.

*

Arizona. La question que nous pose le policier après nous avoir arrêtés sur la route : « Vous avez combien de pistolets dans votre voiture ? »

*

Ce soir, nous avons regardé les photographies prises pendant la journée. J'ai été surpris de me voir sur les clichés, car je ne savais pas que j'étais pris en photo. Ce sont des portraits imprévus. Harun a disposé les appareils, qui photographient pendant des heures le paysage devant nous, et pendant ce temps, nous restons là, discutons, nous étirons, regardons le ciel, déambulons à droite à gauche ; j'avais oublié les appareils photo autour de nous, et c'est ainsi que je suis sans m'en rendre compte entré dans le cadre devant leurs objectifs, et que sont nés ces portraits imprévus.

Dans la rue, à Washington, il m'arrive très souvent de pénétrer dans l'espace entre une personne munie d'un appareil photo et une autre, la personne photographiée, ou un groupe de gens qui fixent l'objectif en souriant, et il arrive alors que je sois pris sur le vif. Ou je passe derrière ceux qui sont en train de se faire prendre en photo. Je poursuis mon chemin, sans penser à ce qui vient de se produire. Ça arrive à tout le monde. Combien y a-t-il de personnes inconnues sur mes photographies, dont je ne sais rien, et jamais auparavant, jusqu'à l'instant présent, je n'avais réfléchi à ces passants fortuits, pas plus que je n'avais réfléchi à moi sur les photos des autres. Alors qu'en réalité, c'est un petit miracle qui s'est produit : je suis entré dans la sphère privée de personnes inconnues ; je suis cet étranger à la marge, dans l'arrière-plan de la photographie. Ils ne savent rien de moi, ils ne prêtent pas attention à moi : sur ces photos, ils se voient eux, et moi, inconnu et non identifié, je ne suis même pas un sujet, plutôt un objet, au même titre que la façade du bâtiment ou la vitrine derrière eux. Un oiseau sur l'épaule du cavalier en bronze dans le fond suscitera chez un futur spectateur davantage de curiosité que moi, ainsi anonyme. Mais en dépit de tout cela, je n'en existe pas moins sur toutes ces photographies. Sur ces clichés que je ne verrai jamais. D'une manière comparable, et en réalité bien plus intense, nous existons dans les rêves des autres. Si les rêves pouvaient être transposés sur une pellicule cinématographique, il serait intéressant de voir le tout, ta vie augmentée par les subconscients des autres ! J'aimerais me voir dans le rêve d'un autre.

*

Nombreuses sont les photographies de notre passé sur lesquelles je te tiens dans mes bras. De manière générale, un père qui tient son fils dans ses bras est une scène courante. L'image d'un fils portant son père est bien plus rare – et suscite des sentiments radicalement opposés ! Ainsi Énée porte-t-il son père vieux et fatigué dans leur fuite de Troie en feu… Je n'aimerais pas vivre très vieux.

*

Tu n'as vécu dans cet appartement que quelques mois, à l'été 2002. Los Angeles. Un appartement en duplex, tu vivais à l'étage avec ta petite amie, et en bas vivait une fille dont tu ne savais pas grand-chose, juste son nom (« c'est l'une de ces filles qui viennent dans cette ville dans l'espoir de faire du cinéma, mais comme ça n'arrive pas, elles passeront leurs plus belles années à faire la serveuse dans des rades minables et des bars de nuit »). J'étais venu te rendre une brève visite, je venais d'arriver, et j'étais descendu me doucher à l'étage inférieur. C'est alors que cette fille était apparue à la porte de la salle de bains, en tee-shirt et courte jupe estivale en jean. Elle était tout sourire, elle ne m'a pas demandé qui j'étais ni ce que je faisais là, mais elle s'est déshabillée, et est entrée nue dans la baignoire. Je n'étais pas préparé à ça, j'avais déjà un pied hors de la baignoire, mais elle m'a retenu en m'enlaçant, et embrassé, si tant est qu'on puisse appeler ça un baiser. À l'instant où nos lèvres se sont touchées, il y a eu une petite étincelle d'électricité statique, et j'ai posé la main sur ma bouche, comme si j'avais été physiquement blessé par ce baiser, je suis sorti de la baignoire et, en m'excusant, j'ai ramassé mes affaires et je suis lentement remonté à l'étage. J'étais pour le moins troublé. Je ne t'ai rien dit, bien entendu, et je ne suis même pas sûr que j'aurais pu décrire convenablement ce qui s'était passé, mais je me souviens de l'angoisse que je ressentais, comme si j'avais été à la limite de l'inceste. Je me souviens aujourd'hui encore de cette fille, au point que je pourrais aisément dessiner son visage. Je ne sais pas pourquoi je raconte tout ça ni pourquoi je me suis rappelé cet événement. J'aurais peut-être pu le passer sous silence.

*

Pendant la journée, nous nous déplaçons dans le désert. La nuit, il filme le ciel. Au passage, nous prenons tous les deux en photo les scènes qui, sur terre, captent notre regard. Photographier le ciel, c'est comme chasser, comme la pêche de nuit : il dispose ses appareils, et ensuite, nous nous asseyons et attendons que leurs objectifs capturent un nombre déterminé d'images. Ça dure des heures. (Tu es un chasseur, ça me paraît tout à fait évident à présent. Les scènes de fonte du plomb pour en faire de la grenaille dans ta petite enfance, le remplissage des chevrotines avec ces minuscules boulettes de plomb, les histoires de chasseurs autour du feu, c'est ce que tu as retenu comme étant important, les premiers souvenirs auxquels tu reviens…) Éveillés toute la nuit, nous restons assis dans la voiture, ou alors, nous sortons nous étirer les bras, regarder les étoiles et discuter. Une fois les sujets de discussions épuisés, nous nous asseyons, et chacun s'occupe comme il veut. Je dessine. La nuit dernière aussi, au motel, j'ai dessiné presque jusqu'au matin. La photographie documente l'existence, même si elle montre toujours, en réalité, quelque chose qui n'existe plus. Le dessin, c'est différent. Il n'a pas la force du document, le dessin est peu fiable comparé à la réalité que l'on voit à l'œil nu, c'est pourquoi il vient fictionnaliser mon carnet de voyage. Et ce manque de fiabilité est une bonne illustration de mon voyage avec Harun, parce que ces jours-ci, mon passé s'est dangereusement confondu avec le présent.

*

Un foulard rouge. Tu as fait partie de la dernière génération des pionniers de Tito. Quand tu es entré à l'école, tu te souviens, tu as reçu pour ton uniforme de cérémonie un calot de partisan avec une étoile à cinq branches et un foulard rouge à nouer autour du cou.

Mon petit pionnier ! Depuis déjà cinq jours, je te regarde te débrouiller sur la route et dans le désert. Tito serait fier de toi !

*

Je croyais que le bandana rouge faisait partie de ton uniforme de photographe. Disions-nous « bandana » en Bosnie ? Ou est-ce que toutes les formes de « foulard » avaient une seule dénomination commune ? Je ne me souviens pas. J'ai commencé à oublier ma propre langue. Disions-nous « Borsalino », ou disait-on « chapeau » pour tous les couvre-chefs de ce type ?

Intéressant : ce printemps est apparu sur notre portemanteau un Borsalino brun, acheté de nombreuses années auparavant, mais je n'avais jamais passé le seuil de la maison avec lui sur la tête. Il convient de préciser que je n'avais rien écrit depuis des mois, ce qui m'angoissait beaucoup. Et il y a de cela deux samedis, à peine réveillé, en pyjama, en me dirigeant vers mon bureau, j'ai attrapé le chapeau au passage et l'ai posé sur mon crâne, juste pour vérifier de quoi il avait l'air sur moi. Je dois dire que ce petit changement m'a fait du bien. Chaque jour, j'arrive en pyjama et je me coiffe de mon chapeau, et c'est à présent mon uniforme de travail, parce que c'est avec lui que j'ai recommencé à écrire. Il s'agit d'un pur effet théâtral : après avoir posé le chapeau sur ma tête, je suis entré dans le rôle. Comme un personnage, comme quelqu'un d'autre, je me suis mis à écrire sans résistance, peut-être parce qu'il est plus facile d'exprimer des avis au nom de quelqu'un d'autre. Autrement dit, le Borsalino sur la tête, je me suis libéré de la responsabilité d'être « moi ». C'est ce « moi » qui est la source de mon angoisse, il est mon terroriste quotidien.

Mais tu vois les choses autrement : « Je me couvre les cheveux avec un foulard pour qu'ils ne me gênent pas pendant que je photographie. Ou alors, je le mouille pour me rafraîchir le cou dans le désert. »

*

Bande-son du désert : *Blood like Lemonade*, Morcheeba – *Scott & Zelda*, Tiny Victories – *New Dawn Fades*, Moby – *Blackout*, Hybrid – *Chord Sounds*, Moby – *Beachcoma*, Hybrid – *The Ghost Inside*, Broken Bells.

Zagreb, novembre 1995 - janvier 1996. Tu fuis compulsivement dans les jeux vidéo. La mélodie de Super Mario qui se répète à l'infini est la bande-son de notre exil croate.

*

Comment as-tu dit que cette ville s'appelait ? Au-dessus du porche des maisons de la rue principale, les ampoules brillent toute la journée.

*

Il faisait déjà nuit noire, nous roulions vers une ville minière abandonnée (rhyolite) quand un lièvre a bondi sur la route devant nous, et a disparu sous la voiture. Le lapin fou ! Mais il n'y a eu aucun bruit, rien ne s'est passé. Nous nous arrêtons ; tu scrutes les ténèbres au bord de la route :

« Je ne l'ai pas tué.

– Non, tu ne l'as pas tué. »

*

L'automne dernier, nous roulions après minuit dans la Shenandoah Valley, et devant nous, des cerfs, des biches et des faons éperdus surgissaient du brouillard en bondissant ; des centaines d'entre eux traversaient la route du côté gauche au côté droit, c'était sans doute l'époque de l'année où ils migraient, il fallait rouler très lentement, et nous étions pressés d'arriver à la maison. Brouillard, peur du sang et de la fourrure chaude et humide.

*

Qu'est-ce que je fais ? Je te décris des événements dont tu es toi-même témoin au cours de ce voyage, ou auxquels tu as assisté dans un passé proche ou lointain. Mais ce n'est pas un problème. Il n'y a rien de mal à décrire à quelqu'un ce qu'il voit de ses propres yeux. Après tout, que font les commentateurs sportifs pendant la retransmission d'un match ? Ils tapent sur les nerfs de ceux qui regardent ce qu'ils relatent. Mais si je fais ça, c'est parce que je m'intéresse à présent principalement aux événements auxquels nous avons assisté tous les deux, je m'intéresse aux images de nos souvenirs communs. Je suis venu ici dans l'intention de comparer ces souvenirs, afin d'en apprendre un peu plus sur mon oubli. Ai-je appris quoi que ce soit ? Non. En réalité, j'ai découvert que tu refoules certains souvenirs (principalement ceux de la guerre) dans l'oubli. Tes raisons sont compréhensibles. Je t'envie, car ce dont je me souviens avec le plus d'intensité, ce sont les événements que je préférerais oublier. La mémoire et l'oubli se tiennent l'un à côté de l'autre, ils sont faits de la même substance. « L'oubli est le frère absent de la mémoire », dit Cees Nooteboom.

*

Une ville minière abandonnée à la lisière du désert. Après le départ des mineurs, l'endroit a été occupé quelque temps par des artistes. Puis ils sont eux aussi partis, laissant derrière eux des sculptures. Art et ruines.

Quand la nature s'en empare, quand les plantes grimpantes recouvrent les murs, quand un pin commence à pousser du toit, les maisons abandonnées sont d'une beauté stupéfiante… Mais les lieux désertés ne sont pas protégés, et il y a toujours des gens pour venir se défouler et détruire impunément. « Cette belle maison, dis-tu, que j'ai prise en photo le mois dernier, elle a brûlé entre-temps.

– Que s'est-il passé ?

– Des vandales ont mis le feu… »

Je comprends ton attirance pour les lieux désaffectés. Sur une photographie, le ciel étoilé au-dessus de maisons inhabitées a une beauté magnétique. Mais quand la dévastation l'emporte sur l'état d'abandon et d'absence, les lieux perdent tout leur charme. Nous avons erré avec nos lampes de poche dans la ville fantôme, cherchant dans le noir des bâtiments vers lesquels braquer nos objectifs. Mais nous n'avons rien trouvé. Ça ne vaut pas la peine de prendre des photos ici, il faut attendre que la nature, de sa puissance, recouvre à nouveau les traces de la présence humaine.

*

Tu contemples le ciel par l'objectif de ton appareil photo, et moi, je discerne dans le noir devant moi le mur en ruine d'un bâtiment, et je repense à Fred, le pompier, qui était arrivé à Sarajevo pendant la guerre, il effectuait divers travaux humanitaires, se rendait utile, rentrait aux États-Unis, et finissait toujours par revenir dans notre ville assiégée. Et ce n'était pas sa première zone de conflit, ni sa dernière. Après Sarajevo, en 1995, il est parti en Tchétchénie, où se perd toute trace de lui. Évaporé. Et dans les années quatre-vingt, quelque part en Amérique latine, il s'était endormi, épuisé, à l'hôtel. Le matin, au réveil, il avait regardé par la fenêtre, et découvert des bâtiments détruits à perte de vue. Il avait ouvert la porte, et compris qu'il était au bord d'un gouffre, car le couloir et la cage d'escalier s'étaient effondrés. Pendant son sommeil, un tremblement de terre avait métamorphosé toute la ville en champ de ruines. Évaporée.

*

De la fenêtre de la chambre d'hôtel, je vois les lumières d'un aéroport, des avions de papier atterrissent et décollent.

« C'est quoi, comme aéroport ? je demande.

– Un aéroport militaire. Derrière la piste, c'est le début de la zone 51. »

Debout devant la fenêtre, je regarde. Depuis déjà plus de trente ans, sur divers continents, nous vivons près d'un aéroport. L'appartement où j'habite actuellement est à environ deux cents mètres à vol d'oiseau de l'aéroport de Washington (DCA). J'aime m'y arrêter en allant au travail, je bois mon café du matin entouré de voyageurs, leur stress du voyage m'apaise, et peut-être que je me réconforte en caressant l'idée qu'un matin, au lieu de reprendre la route du bureau, j'achèterai un billet d'avion, et partirai loin de ma vie… Notre premier aéroport était celui de Sarajevo. Nous y avions déménagé au début des années quatre-vingt. À l'extrémité est des pistes se trouvait le restaurant Kula, la Tour. Un restaurant singulier, car il employait des détenus. Principalement des délits mineurs, c'est du moins ce qui se disait publiquement, mais j'ai toujours soupçonné qu'il y avait parmi eux des meurtriers. Autour du restaurant, des terres bien entretenues, sur lesquelles les prisonniers faisaient pousser des fruits et légumes, élevaient des animaux… Nous allions parfois y manger. Une fois, au début de l'été, au lieu de nous promener tranquillement jusqu'au restaurant par la route sinueuse, nous avions pris un raccourci dans les herbes hautes. Quand nous sommes arrivés dans le jardin du restaurant, Sanja avait le visage rouge et gonflé, et respirait difficilement – sur le moment, nous n'avons pas compris ce qui lui arrivait, mais au cours de la journée, aux urgences, nous devions apprendre qu'elle avait fait une violente crise d'allergie. Les sept ou huit années suivantes, elle a été gravement malade, et a bravement supporté ses allergies. Quand le siège de Sarajevo a commencé, fin avril 1992, nous avons déménagé près de l'hôpital, précisément à cause de sa maladie, pour être plus proches des médecins. Mais étonnamment, pendant la guerre, ses allergies ont quasiment disparu, elle n'avait presque plus besoin de médicaments. Un poète de ma connaissance, Radovan Karadžić, a changé le restaurant Kula en camp de concentration. Certains de mes amis y ont été internés. Principalement des gens bien. En règle générale, dans le monde, ce sont les gens bien qui souffrent. À l'époque, pendant le siège, je suis sorti plusieurs fois de la ville par un tunnel clandestin sous les pistes, et je suis revenu, et pour finir, c'est par cette même piste d'aéroport que je suis parti, peut-être pour toujours.

« La zone 51, tu dis ? »

*

Deux vieillards, ils se soutiennent, ils prennent appui l'un sur l'autre pour marcher. Ils sont sortis de leur voiture à la station-service, et ainsi dépendants de ce soutien mutuel, ils entrent acheter un sac de glace. La glace est indispensable à la survie dans le désert. Mais que font deux vieillards à la toute fin de leur vie dans le désert ? Entre tous les endroits sur terre ? Le désert ? Ils se soutiennent, prennent appui l'un sur l'autre, et ainsi ensemble, pas à pas, ils avancent.

*

Je lis dans le désert. J'ai acheté ce livre après avoir appris qu'il contenait une nouvelle d'une de mes connaissances. C'est un recueil de micro-nouvelles, qu'on appelle ici, à cause de leur efficace brièveté, la *flash fiction*. La table des matières précise que la nouvelle se trouve à la page 43. Mais quand j'ai ouvert le livre, la nouvelle n'y était pas, ma connaissance n'est pas dans le recueil, sauf dans la table des matières. Il n'y a pas de page 43 dans le livre, la page 42 passe directement à la page 44. Je voulais échanger mon exemplaire (défectueux) contre un autre, mais il s'est avéré à la librairie qu'il leur manquait à tous la page 43. Un recueil dont une nouvelle s'est évanouie ; une anthologie dont un auteur s'est évanoui.

Mais tout ce que je lis dans le désert n'a aucun poids. Le silence du désert surpasse nos phrases. Et je réfléchis au fait que notre manière d'écrire était erronée, parce que nous nous hâtions de mettre en mots un événement au cours duquel il s'était passé Quelque chose, alors que nous aurions dû décrire encore et encore un état dans lequel il ne se passe Rien.

*

Au début des années quatre-vingt-dix, je tenais une petite librairie dans la Maison des écrivains à Sarajevo, en bas des escaliers qui mènent à l'étage et au jardin derrière l'immeuble. Parfois, tu venais avec moi, tu avais alors sept ou huit ans, ton intérêt pour les lieux et les gens qui s'y retrouvaient ne durait pas longtemps, et tu commençais à t'ennuyer. Si d'aventure mon ami Dario se trouvait à ce moment-là à la Maison des écrivains, il t'emmenait au vidéoclub de la rue du Roi-Tomislav, où vous louiez des cassettes vidéo. Tu restais regarder des films dans son appartement près de l'Hôpital militaire, et il revenait me tenir compagnie à la librairie. Ensuite, pendant la guerre, le vidéoclub a cessé d'exister, une de nos connaissances a ouvert dans ce local un restaurant, un endroit très beau et agréable, avec de vieux sofas et des fauteuils confortables. Quelques cassettes VHS oubliées servaient de décoration. Pendant la guerre, quelqu'un d'autre a emménagé dans l'appartement de Dario, qu'il a par la suite essayé pendant des années de réintégrer. Quand il a enfin réussi, il est mort. La librairie a elle aussi cessé d'exister. Au début de l'été 1992, je suis allé y faire un tour pour voir dans quel état étaient les livres, mais les écrivains censés prendre soin de la Maison les avaient jetés devant l'immeuble, sous la pluie. Mes livres sous la pluie.

*

Tu te souviens, une fois, nous étions en route pour le terrain de football derrière ton lycée à Falls Church, et tu as insisté pour sortir de la voiture sur un grand parking, juste pour me montrer l'endroit où un lycéen furieux et armé avait tué une fille de ta classe. Nous avons trouvé sur les lieux quelques fleurs fanées. Nous nous tenions là, tu parlais à voix basse, encore sous le choc des événements, tu as levé la main et as désigné du doigt le bâtiment scolaire devant nous, et tu as dit : « J'étais à cette fenêtre, et j'ai tout vu. »

*

Mon TSPT, ton TSPT.

Nous sommes deux corps emplis de traumatismes qui n'ont jamais été traités convenablement. J'ai des remords de ne pas t'avoir emmené loin de Sarajevo pendant la guerre. C'est pour cela que, depuis toutes ces années, je te cajole, j'exauce tes désirs et je te protège. Et je sais que ce n'est pas bon pour toi : toutes ces années, je t'accable d'attentions et de vigilance, je suis un poids qui te ralentit et dont, probablement, tu aimerais bien te débarrasser, mais tu me supportes quand même. Mon autre problème, c'est la manière dont se manifeste ton trouble du stress post-traumatique, TSPT. Tu es attiré par le danger, et c'est une conséquence de la guerre, la dépendance à l'adrénaline. C'est pour cela que tu passes tes nuits dans des lieux déserts, à la belle étoile, où tu rencontres des gens qui ont leurs propres raisons d'être insomniaques. Ici, ils sont tous armés. Le monde est un endroit dangereux. Et je suis un homme effrayé. Tu devrais peut-être avoir un chien, pour qu'il passe ces nuits-là avec toi et te protège. Un berger allemand ? Un husky, ça t'irait bien, un avec les yeux bleus. Deux loups dans le désert ! Je t'apporterai un chiot, pour qu'il grandisse à tes côtés. J'achèterai aussi un bandana, tu pourras le lui attacher autour du cou. Peut-être un bleu ? Qu'il soit assorti à ses yeux…

*

Il faisait encore jour quand nous sommes rentrés à Phoenix, trois heures avant mon vol ; nous avions suffisamment de temps pour passer voir une dernière fois « notre » appartement. Le soleil déclinait, et le ciel vespéral au-dessus de la ville était orange. Nous avons trouvé une place libre sur le parking devant le lotissement. Nous sommes entrés par une porte étroite dans la cour entre les six bâtiments (reliés par des barrières métalliques). La lumière du soleil couchant n'arrivait plus jusque-là, et soudain, nous nous sommes retrouvés dans la pénombre ; les lampes s'allumaient aux fenêtres des appartements en rez-de-chaussée, et au passage, j'ai jeté un œil à l'intérieur des pièces dans l'espoir d'apercevoir un visage connu. Une jeune fille est assise à la table en pierre à côté de la piscine vide, en compagnie de trois hommes qui ne prêtent pas attention à nous. Elle est très jeune, et je me fais la réflexion qu'elle n'était même pas née à l'époque où nous vivions ici. Devant l'entrée de l'appartement, les mêmes bouteilles de bière vides et la même chaise bleue à la toile fanée par le soleil. L'appartement est dans le noir, il n'y a personne, ou le locataire s'est endormi. Je m'assois sur la chaise en toile. « Ça ne sert à rien que je te prenne en photo, dit Harun. La lumière n'est pas bonne. » Je suis resté assis sur la chaise en toile que j'avais peut-être apportée vingt ans auparavant, à contempler les bouteilles vides de bière Miller Lite comme si c'était moi qui les avais laissées, et à attendre que quelque chose se passe. Il n'est pas concevable que je sois revenu et que cet endroit n'ait pas de réponse à mon retour. J'étais assis sur cette chaise pliante en toile après une semaine passée sur les routes, après des nuits difficiles dans des motels bas de gamme et sous le ciel étoilé du désert. Et partout, je me suis senti plus ou moins à l'aise, sauf ici, à l'adresse 1601 W Camelback Rd, # 201 ! C'est ici que je suis le plus étranger. Et maintenant, je peux tout oublier en paix.

« Allons-y ! dit Harun.

– Juste une minute », je dis.

Et nous attendons que cette minute passe.

*

Et le plus important reste toujours non dit! Nous nous sommes quittés en vitesse, une brève accolade, des mots avares qui flottent dans les airs, ta camionnette rouge s'est déjà évanouie entre les autres véhicules dans le crépuscule, et j'aurais voulu te dire :

« Mon fils, je suis venu pour te débarrasser enfin de moi! Voilà, tu es libre, pars dans ton désert! »

*

Mon fils,

Tu es en train de rentrer chez toi, et moi, je suis à l'aéroport, et je serai bientôt dans l'avion. Et dès que j'ai trouvé une table libre dans le café de l'aéroport, j'ai aperçu un moineau qui volait au-dessus de la vaste salle d'attente en face, et j'ai pensé à Tomaž Šalamun. Poète, il avait l'habitude, quand il venait aux États-Unis pour affaires littéraires, de m'appeler de l'un de ces hôtels à côté de l'aéroport, après que son vol avait été annulé, ou alors, il appelait tout simplement d'un café d'aéroport comme celui-ci, et nous discutions pendant qu'il attendait son avion. Depuis que je vis ici, mes plus importants moments entre amis se sont passés ainsi, par téléphone. Une fois, son vol de Denver avait été annulé pour cause de tempête de neige; je lui avais dit que je connaissais bien l'ennui qui vous terrassait dans les aéroports, mais qu'il n'y avait pas de plus grande solitude que celle qui vous accueillait dans les hôtels près des aéroports, où vous attendiez le vol du lendemain; il n'était pas d'accord, ce n'était pas le cas pour lui, il ne s'ennuyait ni en avion, ni à l'aéroport, ni dans les hôtels d'aéroport. Et il avait dit : « Même quand je ne suis pas particulièrement d'humeur à écrire, j'écris quelques poèmes dans l'avion. » Quand je suis à l'aéroport, je suis toujours en quête de la formule magique de Šalamun qui me délivrerait de la solitude. Et je regarde toujours attentivement autour de moi jusqu'à ce que j'aperçoive un moineau. Dans tous les aéroports, il y a un moineau qui bat anxieusement des ailes sous les coupoles vitrées de l'édifice. Le moineau officiel de l'aéroport.

Voilà. Il était beau, notre voyage. Je sais à présent que nous sommes tous les deux très seuls. Deux solitudes. Quand nous sommes arrivés pour la première fois dans cette ville, tu avais douze ans, j'en avais trente-cinq, tu en as trente-trois aujourd'hui, et tu pourrais être de la génération du moi d'il y a vingt ans. Le temps fond plus vite que la glace dans le désert. En réalité, ce n'est pas une question de temps, depuis que j'ai passé les cinquante ans, je sais que tout le monde meurt jeune. La question, c'est : que vas-tu faire de ta solitude ? Prends soin de toi, sois prudent au volant, mange sain et lis des livres intelligents. Ferme la porte à clé quand tu sors et n'oublie pas de prendre une petite laine, le temps peut tourner très vite.

*

Les nuages étaient couleur pétrole, Harun voulait prendre
quelques photos du ciel. Puis il s'est mis à pleuvoir.
Nous nous sommes réfugiés dans un café, celui près du magasin russe
où nous achetons de la nourriture des contrées slaves.
Nous nous sommes rués à l'intérieur et avons pris la dernière table libre.
À présent, penchés sur l'appareil photo, nous regardons
les photos, surpris par l'aspect des nuages

que nous avons vus en vrai quelques minutes auparavant.
À la table d'à côté, un homme à l'air revêche.
Je n'avais pas fait attention à lui en entrant,
je ne l'ai remarqué que quand il a demandé : « *Russians?* »
Puis il a dit : « *Go back to Russia!* »

Sur ses genoux, le *Washington Post*,
qui sait ce qu'il y a lu aujourd'hui
pour que notre accent slave l'irrite au point
de perdre le contrôle et de dire : « *Go back to Russia!* »

J'étais désemparé et furieux. Quand nos regards se sont croisés,
il a rentré la tête entre les épaules et s'est enfoncé dans le fauteuil en cuir.
Alors seulement, j'ai vu la femme assise à côté de lui.
Elle a dit : « Rentrons à la maison. »
Lui : « Impossible, il pleut. »
Elle : « Et alors ? On peut courir jusqu'à la voiture. »

Ils vivent ensemble. J'ai fait à attention à elle
parce que son accent russe est très reconnaissable.

Ils n'ont pas tardé à partir, et quand ils étaient déjà à la porte,
il a tourné la tête pour me dire une dernière fois : « *Go back to Russia!* »
Elle s'est retournée avec un regard qui s'excusait.
Puis ils ont couru. Quand ils sont arrivés de l'autre côté de la rue,
on ne pouvait plus les voir à cause de la pluie.

3.

FLOCON DE NEIGE

« L'amour est une forme d'oubli. »
Richard Hell

Quand ils sont venus la chercher chez nous un jour de pluie, elle souffrait et était pieds nus, et elle s'est retournée pour me dire de lui rapporter « des chaussures ». J'ai pris les premières qui me sont tombées sous la main. Je roulais derrière l'ambulance qui la transportait vers l'hôpital, et je regardais de temps en temps ces tennis blanches sur le siège passager. La pluie et le bruit monotone des essuie-glaces. Et les tennis en toile, ce n'est pas fait pour la pluie. Sanja était dans le véhicule rouge devant moi, ses chaussures la suivaient.

*

Aux urgences, deux médecins posent simultanément des questions, elle répond. Sur ses allergies, sur l'historique de ses problèmes de santé, elle répond en écarquillant les yeux face à l'autorité des deux hommes en blouse blanche, comme si elle passait un examen. Puis l'un d'entre eux demande :

« *Do you smoke?*

– Oui, dit-elle, mais juste deux, trois cigarettes par jour. »

Elle ne sait pas mentir, dans ce genre de situation, elle avoue tout très franchement. Au moment où elle a répondu à la question du docteur, je me suis dit que c'était très certainement la vérité : elle fume sans doute deux, trois cigarettes au travail, et elle me le cache, car elle fait très attention à ne pas réveiller mon envie de tabac (et j'ai été, par le passé, un gros fumeur). Après ma crise cardiaque il y a cinq ans, elle a elle aussi, par solidarité, arrêté de fumer, ou du moins, elle n'allumait jamais une cigarette en ma présence. Toute sa vie, elle a fumé « deux, trois cigarettes par jour », et ce n'est jamais devenu une véritable addiction.

Plus de vingt-quatre heures se sont écoulées depuis cet entretien avec le médecin aux urgences, et nous avons à présent découvert pourquoi elle avait affirmé être fumeuse : elle a fait un AVC, et l'une des conséquences est la perte de mémoire. L'AVC a endommagé sa mémoire récente, si bien qu'elle a oublié ces quatre dernières années où elle a arrêté de sortir sur le balcon pour fumer.

*

Elle regarde sa main, qu'elle bouge avec effort, et demande : « Sem, qu'est-ce qui m'est arrivé ? »

– Hier, je dis, je faisais du café, tu es allée à la salle de bains, tout allait bien, dehors, il pleuvait. J'étais en train de verser de l'eau dans la machine quand j'ai entendu ton cri dans la salle de bains, j'ai cru que tu étais tombée, mais non, tu avais mal au bras, tu m'as dit qu'il était engourdi et que tu ne sentais plus tes doigts. Tu ne voulais pas appeler le Samu, mais comme ton état ne s'améliorait pas, j'ai quand même appelé. Ils sont venus, et après un bref examen, ils ont décidé de t'emmener aux urgences. Je roulais derrière l'ambulance rouge et quand je suis arrivé à l'hôpital, tu étais déjà dans un lit, une infirmière te donnait de la morphine, tu étais déjà sous perfusion, et rapidement, ils t'ont emmenée sur ton lit dans une autre pièce, où ils t'ont fait passer un scanner. Il s'est avéré que tu étais très anémiée, ce pourquoi ils t'ont transférée en oncologie, ils pensaient que tu avais un cancer. Le scanner a révélé que tu avais un thrombus dans l'artère, là, près de l'épaule gauche, et ils affirment que c'est ça qui a provoqué l'AVC, ou plutôt plusieurs petits, minuscules AVC dans des terminaisons microvasculaires marginales, périphériques de l'hémisphère gauche de ton cerveau. Et maintenant, comme tu fais de l'anémie, ils ne savent pas comment te soigner. L'AVC se soigne avec des anticoagulants, mais la raison de l'anémie est potentiellement une hémorragie interne. Si on te donnait des anticoagulants, ça aggraverait l'hémorragie, ce qui serait un gros problème… »

Elle me regarde, inquiète, mais elle a déjà oublié ce qu'elle m'avait demandé, elle a déjà oublié mes explications, et elle me demande à nouveau : « Qu'est-ce qui m'est arrivé ? »

*

Première nuit à l'hôpital. Elle dort et se réveille à intervalles brefs, elle a le sommeil léger. Elle s'est réveillée, elle me regarde d'un air déçu et demande :

« Papa est en colère ?

– Tu me demandes si ton père est en colère ?

– Oui, il est en colère contre moi, c'est pour ça qu'il ne rentre pas à la maison…

– Sanja, ton père est mort il y a quatre ou cinq ans. »

Elle réfléchit un peu, elle a l'air de se souvenir, puis elle repose la tête sur l'oreiller et se rendort. Que vient-il de se passer ? Elle s'est réveillée dans son lit d'hôpital comme une fillette de cinq ans. C'est une capsule temporelle, un trauma vieux de cinquante ans qui est encore bien vivant en elle : son père ne rentre pas à la maison parce qu'il est en colère contre elle. Pauvre petite fille effrayée !

Son père. Je ne l'ai jamais rencontré, même si nous avons vécu dans la même ville seize longues années. Il n'a jamais cherché à voir sa fille, pas plus qu'il n'a montré d'intérêt pour elle de quelque manière que ce soit. Tout cela était, ça va de soi, important pour moi, mais je ne lui posais pas de questions, et je la laissais libre de m'en parler, ou de ne pas m'en parler. Et elle ne le mentionnait que rarement. Je ne sais donc rien de lui, à part quelques brèves anecdotes accessoires. L'une d'entre elles date de sa petite enfance. Ils avaient une caravane quelque part au bord de la mer. Une nuit, il était arrivé avec une femme inconnue, avait réveillé sa fille et l'avait emmenée dehors, et elle avait passé la nuit sous la pluie. Une petite fille dans la nuit, sous la pluie. Rien ne me lie à lui, à part qu'il a indirectement marqué ma vie, eu une influence sur elle, et changé ma personnalité avec le temps. Son rapport à sa fille a forgé chez elle une hostilité envers l'intégralité de la gent masculine. Cela fait trente ans que nous vivons ensemble, et depuis toutes ces années, elle ne me fait toujours pas confiance. Je ne l'ai jamais vu, mais je porte cet homme comme mon fardeau personnel. Je me suis lassé de lui. Et je me suis habitué à lui. L'autre anecdote est liée à la Libye. Ses souvenirs de l'Afrique, où elle a vécu cette délicate transition entre l'enfance et la jeunesse, sont relativement gais et rassurants. Il lui arrivait souvent de dire : « J'aimerais bien retourner en Afrique. » C'est là-bas qu'elle avait passé son dernier été avec ses deux parents. En se remémorant la Libye, elle mentionnait toujours son père : « Il s'est tout de suite intégré là-bas, il a vite appris à parler arabe, et a commencé à passer du temps avec les locaux. » Elle disait ça d'un ton impassible, comme si elle décrivait un étranger. Plus tard, quand il était parti, il n'avait pas laissé un grand vide. Nous sommes à présent à l'orée de la vieillesse, mais ça ne signifie pas qu'à cinquante ans, on arrête d'être un enfant. Ce qui lui a manqué toutes ces années, ce n'est pas lui, cet homme en particulier, mais un père, celui qui, dans l'ordre biologique des choses, était censé être de son côté, quand sa fille avait besoin de protection et de sécurité.

Il y a quelques instants, elle s'est réveillée comme la petite fille de cinq ans qui, il y a cinquante ans, pensait que c'était sa faute si son papa ne rentrait pas à la maison des jours durant.

*

Je n'arrête pas de retrouver ses tennis blanches à un endroit différent. Peut-être que les infirmières les déplacent ? En tout cas, moi je ne les ai pas déplacées. Ou alors, elles bougent toutes seules dans la chambre d'hôpital, impatientes de sortir d'ici au plus vite. J'ai passé hier avec son sac et ses tennis blanches la porte tambour transparente de l'hôpital, cherché l'endroit des urgences où on l'avait installée, dans l'intention d'attendre le médicament qui ferait passer sa douleur dans le bras, et ensuite, je l'aiderais à faire ses lacets, je la tiendrais par la main tandis que nous traverserions le parking jusqu'à notre voiture, puis nous rentrerions calmement à la maison, pour revenir aux occupations quotidiennes, finir la tâche entamée dans la cuisine : allumer la cafetière, où j'avais déjà versé de l'eau, mis du café… Mais ça ne se passera pas comme ça, les médecins auront de mauvaises nouvelles pour nous, elle sera transférée dans une chambre en oncologie, et je passerai toute la nuit éveillé à ses côtés, comme un chien docile.

Tout s'est passé trop vite. Les médecins affirment qu'elle a, très probablement, un cancer. Je lui tiens la main dans son sommeil, elle m'a agrippé la paume, car elle est en train de rêver. Et je me dis : elle ne va pas mourir, quand ils sont en train de mourir, les gens ne rêvent plus ! C'est une pensée stupide, mais je me raccroche à elle jusqu'au matin, car il n'y a personne pour me rassurer ici. La chaleur de sa main et de tout son corps endormi est la seule réalité acceptable pour moi.

*

Toute ma vie, j'ai porté le poids de mon prénom sans signification. Mais je m'en suis vite accommodé, convaincu qu'après tout, ce n'était qu'un prénom, que l'important, ce n'est pas le nom du bateau mais comment il navigue, et que nous remplissons la substance de notre nom de l'éclat de notre être. C'était une pensée réconfortante. Ce n'est qu'aujourd'hui, à cinquante-six ans, que je me suis complètement réconcilié avec mon nom et identifié à lui. Voilà pourquoi. Le médecin lui demandait : En quelle année sommes-nous ? Quel mois ? Où sommes-nous en ce moment ? Elle le regardait, sans réponse, elle avait oublié l'année, le mois et le lieu. Puis le médecin m'a désigné, assis à côté de son lit : « Et qui est cet homme ? » L'espace d'un instant, son regard s'est apaisé, j'ai eu l'impression qu'elle regardait à travers moi, et j'ai nettement senti un courant froid me parcourir le corps. Et je me suis dit : elle m'a oublié. Mais ensuite, en une seconde, son visage s'est métamorphosé, elle m'a regardé comme si elle m'avait sauvé du néant, ou comme si elle venait de me mettre au monde, et avec une expression de pur amour, elle a dit : « Semezdin, mon Semezdin. » Et c'est à ce moment-là que mon prénom a pris toute sa signification. Je suis *son Semezdin*. C'est mon histoire d'amour, et toute ma vie.

*

Soudain, les corps humains dans l'hôpital se mettent à se déformer. L'infirmière qui lui donne sa morphine ressemble à une poire. Sa tête est minuscule par rapport au reste de son corps. Il s'agit sans doute d'un problème optique interne qui m'est propre, et qui revient systématiquement quand je reste ainsi coincé à l'hôpital. Je commence à voir les corps humains comme défectueux et inachevés. Peut-être parce qu'à l'hôpital, de sujet, le corps se transforme en objet. Mais dès que je serai ressorti, mon regard redeviendra naturel et je verrai les gens tels que, *a priori*, ils sont. L'hôpital se manifeste ainsi à mes yeux comme un miroir déformant qui contrefait les corps. Et il me semble alors que les gens, par leur présence, rendent imparfait ce monde sinon beau et merveilleux !

*

H. Gallasch, ma collègue de travail, nous a apporté à manger, des plats d'un restaurant italien, et m'a brièvement fait sortir devant l'hôpital pour prendre un peu l'air. Nous sommes lentement sortis sous la pluie par la grande porte tambour. Tout à l'hôpital est au ralenti, adapté aux mouvements des malades. Le temps aussi ralentit ici. Depuis notre chambre, il a fallu traverser un labyrinthe de couloirs pour sortir sous la pluie. « Heureusement que tu ne fumes pas, dit H., sinon, tu devrais sortir régulièrement t'en griller une. » Je ne suis pas resté longtemps dehors, c'est une froide journée d'avril, nous nous sommes dit au revoir et je suis rentré par la porte tambour qui tourne si lentement. J'ai regardé le sac en papier contenant la nourriture et remarqué le dessin stylisé de Venise avec un palais et un pont sous lequel passe une gondole, et soudain, la *revolving door* en verre est devenue une capsule temporelle.

Venise. Avant-hier soir, j'ai lu un texte de Sergio Pitol sur Venise, sa première rencontre avec la ville, qu'il voyait d'un regard embrumé parce qu'il avait perdu ses lunettes en route. J'ai lu ça il y a deux nuits, c'est comme si c'était il y a très longtemps, ou dans une autre vie. Et tandis que je lisais, j'avais dans les narines l'odeur du ciment, parce que quelques heures plus tôt, mon ami Santiago Chillari m'avait montré des photographies de l'intérieur d'un vieil immeuble au bord d'un canal vénitien, qu'il rénove avec sa famille dans l'intention d'en faire un hôtel ; sur les photos, les maçons raclent les murs, grattent la vieille peinture, et autour d'eux, par terre, il y a du matériel de construction, des sacs de ciment… Après avoir lu le texte sur Venise, j'ai écrit sur Aleš Debeljak, un ami tragiquement décédé il y a deux mois, je me suis remémoré des détails de nos moments passés ensemble et les ai consignés. Nous nous voyions souvent, parlions au téléphone et échangions des mails. Nous nous sommes rencontrés au début des années quatre-vingt, mais il me semble que notre relation ne s'est transformée en véritable amitié que l'année dernière : en octobre, lors de rencontres littéraires à Richmond, nous avons partagé quelques jours la même terrasse à l'hôtel, et évoqué nos deux passés au cours de longues conversations. J'ai parcouru mes mails pour retrouver la dernière phrase qu'il m'avait adressée. Son dernier message se concluait par l'annonce : « Ce soir, je vais sortir notre chien pour sa promenade traditionnelle le long de la voie ferrée Venise-Budapest. » Quel poète ! Il a transformé tout un espace culturel en démarcation de sa promenade vespérale « traditionnelle ».

La porte a effectué un tour complet et je suis revenu sur mes pas, dans l'hôpital...

*

Ce matin, en faisant ma toilette, j'ai aperçu des mèches blanches sur mon front. Deux jours seulement se sont écoulés depuis notre arrivée ici, et j'ai déjà des cheveux blancs.

*

Quand l'infirmière vient dans la chambre lui faire son injection, Sanja lui dit : « *You smell nice* », pour l'amadouer, pour établir par ce petit compliment un contact humain avant l'irruption de la douleur.

De manière générale, il y a selon moi dans la structure des soins hospitaliers quelque chose de profondément contradictoire. Toutes les dix minutes, ils viennent vérifier son nom et sa date de naissance, scanner le code-barres du bracelet en plastique à sa main droite, prendre son pouls, sa tension, sa température, lui faire une prise de sang, lui tapoter le genou avec un petit marteau en caoutchouc... C'est de la torture par privation de sommeil, alors que tout ça pourrait suivre un rythme plus lent, de sorte que le malade ait le temps de souffler, de s'endormir, de se reposer un minimum, au moins pendant la nuit. La chambre d'hôpital est une salle de torture. Je suis d'avis que les hôpitaux devraient signer la convention de Genève et respecter au pied de la lettre toutes ses dispositions.

*

Je lui mets mes tee-shirts, car ils sont plus amples et plus confortables que les siens. J'ai un tee-shirt de la couleur du ciel de Sarajevo en septembre, par une journée ensoleillée et sans nuages. C'est son préféré.

*

Il est trois heures du matin. Par la haute fenêtre de l'hôpital, je compte les avions qui descendent du ciel nocturne vers l'aéroport, si bien que les lumières de leurs hublots se mêlent aux rares lumières des maisons d'Arlington. Elle a brièvement ouvert les yeux, m'a regardé, puis elle s'est retournée sur l'autre flanc et a continué à flotter entre le sommeil et la veille. Elle m'a regardé, mais je ne suis pas certain qu'elle m'ait reconnu.

Il est trois heures du matin. J'ai toujours aimé ses réveils précoces. Quand j'écrivais la nuit, il m'arrivait de la réveiller, car j'avais oublié d'éteindre le feu sous la bouilloire avant qu'elle ne siffle. Il m'arrivait ainsi de la réveiller à trois heures du matin, et elle était toujours joyeuse, prête à plaisanter. La voici à la porte, elle me regarde, secoue la tête et dit : « Cinquante ans, et ça écrit encore des poésies ! » Et une fois, tout juste tirée du sommeil, encore à moitié endormie, elle m'avait dit : « Les Chinois pensent que les dragons aiment l'odeur du cuivre. » L'aube, c'est son moment de la journée. Ce pourquoi j'ai retenu un grand nombre de ses tirades matinales. Douchée, les cheveux mouillés, prête à partir au travail, elle ouvre les bras et demande : « Est-ce que quelqu'un va me dire que je suis belle ? »

*

Elle a tout oublié. Elle demande : « J'ai quel âge ? » Quel que soit le nombre que je lui donne, elle me croira. Je lui demande donc sa date de naissance, car elle répond à cette question d'un membre du personnel hospitalier toutes les dix minutes. « 17 septembre 1960 ! » Et je dis : « Nous sommes en 2016. Est-ce que tu peux calculer combien de temps s'est écoulé entre 1960 et 2016 ? » Elle ferme les yeux et compte. Puis elle les rouvre et dit : « Je ne peux quand même pas être si vieille que ça ! »

Abrutie par les antalgiques, elle sombre facilement dans le sommeil, et en émerge encore plus facilement. Elle s'est réveillée un court instant et m'a dit, inquiète, qu'elle n'arrêtait pas de dormir, et qu'elle allait devoir se lever, sinon, elle allait louper ses exams à la fac. Et je n'ai pas eu le cœur de lui dire que notre jeunesse estudiantine est loin derrière nous, dans un passé qu'il vaudrait mieux, pour notre propre bien, oublier, dans un pays qui officiellement n'existe plus, dans un monde qui n'est plus.

*

Je suis passé à l'appartement chercher les choses indispensables dont nous aurons besoin à l'hôpital, quelques vêtements, le dentifrice et les brosses à dents, quelques fruits, au cas où elle aurait faim. J'ai pris le courrier dans notre boîte aux lettres. En montant à l'appartement, j'ai ouvert une enveloppe qui contenait un livre, je l'ai feuilleté en vitesse, et lu une phrase du premier paragraphe : « Tous nos problèmes sont la conséquence de notre incapacité à rester dans notre chambre. » Je marchais dans le couloir qu'elle avait l'avant-veille emprunté dans la direction opposée. Notre long couloir. La distance de l'ascenseur à notre porte équivaut à deux terrains de football. Une fois, fatigué, je me tenais sur le pas de la porte, j'étais parti faire quelque chose d'urgent en ville, mais en regardant le couloir interminable, j'ai senti ma volonté vaciller, je n'avais pas envie de faire un si long chemin jusqu'à l'ascenseur, j'ai tourné les talons, et ai refermé la porte derrière moi.

*

Cela fait presque deux jours que je ne suis pas retourné dans l'appartement, et en entrant, j'ai été assailli par les souvenirs, tout d'abord du matin de la veille, et ensuite de toutes les journées passées ici, car chaque objet me rappelait un geste de sa main qui l'avait posé à cet endroit. Je me suis douché et changé. Devant l'ordinateur, j'ai essayé de déterminer quelles tâches administratives ou ménagères j'étais censé accomplir. Je ne sais rien de tout ça, c'est elle qui s'en occupait. Et mon système a rapidement planté devant cette quantité de mots de passe ! Devais-je à présent rebâtir de zéro notre réalité, ou valait-il mieux attendre que Sanja retrouve la mémoire ? Debout dans la cuisine, je repensais à ce samedi matin, avant qu'elle ne se plaigne d'une douleur dans le bras.

J'étais en train de faire du café pour nous deux, j'avais versé l'eau, rempli le filtre de café finement moulu, il ne me restait plus qu'à appuyer sur le bouton de la machine. C'est ce que je viens de faire, et le glouglou de l'eau en train de bouillir a accentué le silence dans notre salon. J'ai fait du café pour deux. J'ai versé le mien dans une tasse en verre, mais que faire du sien ? Et je ne sais pas comment sortir de ce samedi matin. J'ai envie de suspendre ce temps dans mes souvenirs, de nous garder dans le salon, de prolonger autant que possible cette paix dans laquelle deux personnes se préparent à boire leur café du matin. Je veux tout immobiliser dans l'état d'avant son AVC, d'avant la douleur. Nous ne sortirons plus jamais de la maison !

*

Je vais essayer de décrire encore une fois cette sensation qui m'a empli d'angoisse. En entrant dans notre appartement, j'ai regardé les objets familiers autour de moi, et instantanément, je me suis dit que dans chacun de ces objets était inscrit un geste de Sanja. Elle a disposé chaque chose à sa place, les objets ont conservé l'éclat de son geste. Cette pensée était dangereuse, parce qu'inconsciemment, j'ai vu un monde où elle n'était plus là, juste le mouvement de sa main. C'est pour cela que cette angoisse a surgi, c'est cette pensée qui m'a serré le cœur.

*

Ses veines invisibles, son bras meurtri, tant de prises de sang pour toutes ces analyses, tant de piqûres douloureuses…

Dans les années quatre-vingt, elle était allergique à tout, au pollen, à la poussière sur les livres, et sans doute aussi à moi. Deux fois par semaine, des injections qui gardaient ses allergies sous contrôle. Son corps était une plaie vive. Ma Frida Kahlo. On aurait dit qu'elle ne pouvait survivre que dans un monde sans plantes. Certes, même à la fin de son enfance, avant sa phase allergique, les plantes et elle ne faisaient pas bon ménage : elle refusait de boire de la tisane… Son perroquet, Charlie, répétait chaque matin la seule et unique phrase qu'il savait prononcer : « Sanja, bois ta tisane ! Sanja, bois ta tisane ! »

Quand nous avons déménagé à D.C. – à cause de la rose des vents qui fait tourbillonner la poussière et le pollen dans le bassin entre l'Atlantique et les Appalaches –, ses allergies sont brièvement revenues, et elle est allée passer des tests. Le médecin à Vienna a dessiné dans son dos quatre longues séries de piqûres (il testait toutes les allergies possibles et imaginables), et elle a porté quelque temps ces cicatrices sur son épaule gauche, comme un tatouage d'Angelina Jolie.

Et où se trouvent à présent ses douleurs passées ? Où est la douleur que j'ai causée ?

*

La femme qui vient lui faire une prise de sang à cinq heures du matin s'annonce à la porte d'une voix suffisamment sonore pour nous réveiller : « *Blood work!* » Elle s'appelle Dora Castro.

Aujourd'hui, le bras droit de Sanja s'est engourdi, si bien qu'elle ne sent plus la piqûre de la seringue. Je suis content qu'elle n'ait pas mal, et j'aimerais qu'elle ait mal. Tous mes sens sont sens dessus dessous.

*

Ce soir, avec Asim, un docteur qui croit en la médecine traditionnelle chinoise, nous faisons du Qi gong dans la chambre d'hôpital. L'infirmière est passée et nous a surpris en plein exercice, qui ressemble à une cérémonie tribale sacrée, et elle est lentement sortie de la chambre à reculons, pour ne pas nous déranger. Plus tard, quand elle est revenue prendre le pouls de Sanja, elle a illuminé ma journée en me demandant : «*Are you a Native American?*»

*

Nos souvenirs communs, ce qui est précieux dans notre relation, se sont en grande partie évanouis. Comment rappeler à sa mémoire ces jours importants qu'il ne faut pas oublier? Et ce ne sont pas de grands événements notables, mais des centaines d'infimes épisodes que nous nous remémorons mutuellement depuis des années. Une fois, au nord du Nouveau-Mexique, nous roulions, et sur la gauche, par la fenêtre de la voiture : une belle journée ensoleillée; mais par la fenêtre droite, la pluie tombait à verse. Un moment de pure beauté absolument unique! Et si elle l'avait oublié pour toujours? Mais que c'est bien qu'elle ne se souvienne pas de tous ces jours tristes et douloureux! Il serait juste qu'ils restent à jamais enfouis dans l'oubli.

«Vous êtes de la famille?» me demande l'infirmière. «C'est ma femme.» Mais quand je dis «c'est ma femme», c'est un euphémisme, elle est bien plus que ça. En 1993, disons, pendant le siège de Sarajevo, un tueur a pointé le canon d'une kalashnikov sur ma poitrine. Elle s'est interposée entre la kalashnikov et moi.

*

« Qu'est-ce qui m'est arrivé ?

– Tôt le matin, le 2 avril, il pleuvait dehors. J'ai décidé de faire du café. Tu t'es alors levée du canapé et tu es allée à la salle de bains. J'ai rempli le filtre de café finement moulu, versé de l'eau dans la machine, et c'est alors que j'ai entendu un cri dans la salle de bains, ta voix. Mais tu riais il y a seulement dix secondes ! Je suis allé dans la salle de bains, et je t'ai surprise en train de te tordre de douleur, tu m'as dit que ton bras était engourdi, que tu ne sentais plus ta main, ni tes doigts. Tu veux que j'appelle le Samu ? Non ! Tu es retournée sur le canapé, mais quand tu as essayé de t'allonger, la douleur s'est intensifiée, et tu es restée assise. J'ai appelé le Samu. Ils sont arrivés vite, et quand je leur ai ouvert la porte, ils se sont plaints du couloir interminable qu'ils avaient dû parcourir. "Le temps qu'on arrive au bout du couloir, le patient peut mourir dix fois", a lancé un jeune homme en uniforme bleu. Ils t'ont emmenée à l'hôpital, le scanner a montré que tu avais fait un AVC. Et nous voilà au service d'oncologie, ils pensaient que tu avais un cancer, mais non… »

*

Les doigts de ma main droite sont gonflés. Je supporte bien la douleur, j'ai appris. À cause du froid de Sarajevo et des années de siège, j'ai développé cette arthrite, qui a pas mal empiré ces dernières années. Elle me prend à l'épaule ou à la hanche et dure de huit à dix heures, une douleur atroce ! Ou alors, comme maintenant, l'inflammation me raidit les doigts. En octobre de l'année dernière, j'étais à Richmond pour des rencontres littéraires. Il faisait un temps magnifique, l'été indien, mais ensuite, la première nuit, j'avais été réveillé par une crise d'arthrite, une inflammation de mon épaule gauche, la douleur était insoutenable ; tout raide, j'étais resté dans une seule et même position devant la fenêtre de la chambre d'hôtel, à regarder la rue éclairée. Hilares et éméchés, les jeunes rentraient de boîte de nuit, toute la nuit ils étaient passés, ivres et bruyants, sous ma fenêtre, et je les enviais tellement pour leur jeunesse et leur santé. Au matin, quand Sanja était déjà réveillée et se préparait pour aller au travail, je l'avais appelée pour lui dire combien j'avais mal, et avec quelle impatience j'attendais que la pharmacie ouvre, j'irais y acheter l'un de ces *hot patches*, un patch chauffant que l'on applique sur l'endroit douloureux et qui soulage, et elle m'avait dit d'ouvrir mon sac, car elle en avait mis dans mes bagages au cas où. C'est ainsi que j'ai vécu toutes ces années. Je l'appelais pour qu'elle me dise ce que j'avais dans mon sac.

*

Tous les jours, j'ai besoin des papiers de Sanja, car on me demande souvent ici de remplir de nouveaux formulaires avec ses données médicales. C'est ainsi que j'ai gagné le droit de fouiller dans son sac à dos et son portefeuille. Elle porte un sac à dos, elle ne s'est jamais faite au sac à main féminin classique, elle l'a toujours, depuis que je la connais, remplacé par un fourre-tout en toile ou par un sac à dos. Toutes ces années américaines, au travail et en voyage, mais également pour les petites sorties au café ou au restaurant, elle a toujours eu un sac à dos. C'est un poids considérable, il y a des centaines de choses dans ce sac et, selon ses mots, une dizaine de petits riens qui la font se sentir en sécurité. Elle doit avoir, par exemple, des boucles d'oreilles de rechange, parce que les boucles d'oreilles, ça se perd, et elle se sent vulnérable si elle se retrouve dans un lieu public sans boucles d'oreilles. Une de ses connaissances m'a confié que parfois, elle arrache un bouton de son chemisier juste pour demander à Sanja de le lui recoudre. Car bien entendu, elle a dans son sac à dos une aiguille et du fil de différentes couleurs. La jeune Américaine qui arrache ses boutons n'avait, en réalité, jamais vu personne recoudre un bouton auparavant, quand les boutons d'un de ses vêtements tombaient, elle avait l'habitude de le jeter et d'en acheter un neuf. Mais ce n'était pas la seule raison de son besoin de regarder le fil être enfilé dans l'aiguille. Quand il arrive, par exemple, que Sanja recouse un bouton de ma chemise, moi aussi je la regarde, envoûté, si bien que je comprends les raisons de cette amie américaine. Dans mon cas, la couture des boutons est une scène importante de mon enfance, au cours de laquelle le monde s'harmonise. Il y a vraiment dans cet acte quelque chose qui réveille des souvenirs primordiaux.

Ma photo dans son portefeuille. Je ne savais pas qu'elle avait sur elle une photo de moi. Ce n'est pas un portrait, le genre de photo pour passeport ou carte d'identité qui finissent d'ordinaire dans les portefeuilles, mais un cliché joyeux sur lequel je tiens un chien dans les bras, et on ne sait pas qui est le plus guilleret et le plus foufou, le chiot ou moi. Les gens mettent des photos de leurs proches dans leur portefeuille par habitude, mais prennent-ils le temps de les regarder ? Il y a des moments où nous nous tournons vers ces photographies, dans les instants de solitude, en voyage, quand nous sommes séparés de nos proches. J'essaie de l'imaginer (dans le passé) ouvrir son portefeuille et regarder cette photo. Que pouvait-elle bien signifier pour elle en cet instant ?

*

Un message sur son portable : « Chère Sanja, les bureaux de poste sont fermés aujourd'hui, est-ce que tu saurais, s'il te plaît, dans quelles autres boutiques on peut acheter des timbres ? » Elle est une petite encyclopédie des réponses pratiques.

*

Je monte la garde à côté de son lit. Trois jours se sont écoulés. Je ne l'ai jamais autant aimée. En réalité, ce n'est pas vrai. J'ai oublié. C'était le cas pendant la guerre, ça a toujours été le cas quand une catastrophe s'ingérait dans notre relation. Ce n'est un paradoxe qu'en apparence ; les événements tragiques renforcent notre pulsion de vie et notre capacité à aimer. Je monte la garde à côté de son lit. Je suis un vieux soldat sentimental.

*

Je n'ai pas de biographie. Un ami m'a contacté de Zagreb, et dans son mail, il demande : *Comment va S. ?* Il ne la connaît pas. Ou plutôt, il ne la connaît que comme S., comme je la mentionne le plus souvent dans mes textes. Il ne s'enquiert pas de la santé de mon épouse, mais de la santé de mon personnage littéraire. J'ai déjà décrit dans ma prose et mes poèmes presque tout ce qui m'est arrivé d'important, changeant ma vie en fiction. C'est à présent une somme d'illusions, suffisamment peu fiables pour qu'il soit difficile d'en tirer un récit factuel de ma vie. Pendant des années, j'ai transformé ton corps en texte. C'est ma trahison.

*

Le son du scan du code-barres sur le bracelet en plastique à son poignet est suivi de la question :

« Nom et date de naissance ? » Elle se tait.

« On est en quelle année ? » demande le docteur. Elle se tait.

« Quel mois ? » Elle se tait.

Je lui demande : « Qui a écrit le vers "Avril est le mois le plus cruel..." ? »

Et elle dit : « T. S. Williams. »

Il est intéressant qu'elle ait fusionné en une personne T. S. Eliot et William Carlos Williams. Il doit y avoir une raison concrète à ça, mais je la chercherai plus tard, pour l'instant, je me dépêche de la corriger : « Ce n'est pas Williams, mais Eeee... »

Et elle dit : « Eliot ! T. S. Eliot ! »

Autrement dit, elle est incapable de se souvenir de l'année ou du mois en cours, mais elle se souvient du vers d'un poème, et du nom du poète.

Quand nous sommes restés seuls dans la chambre, elle s'est transformée en enfant avide d'attention, et a dit : « Qu'est-ce que j'ai eu mal ce matin ! »

– Où est-ce que tu avais mal ce matin ? ai-je demandé, inquiet.

– Je ne me souviens plus, mais j'ai bien dû avoir mal quelque part. »

*

Toutes les dix minutes, ils viennent lui faire une prise de sang, prendre son pouls et sa tension, à minuit, ils la déplacent huit étages plus bas pour lui faire un nouveau scanner du cœur, puis ils la ramènent dans sa chambre (le lit est un véhicule dans le labyrinthe des couloirs d'hôpital). Ils collectent assidûment des données sur elle, mais je ne suis pas certain qu'ils étudient et suivent l'évolution de ces informations, car chaque nouvelle personne qui fait irruption dans notre chambre pose à nouveau les mêmes questions et s'informe de tout depuis le début. Nous répétons sans arrêt la même suite d'événements qui nous a amenés à l'hôpital. Et étant donné qu'on lui a trouvé ce thrombus dans l'artère du côté gauche, le cardiologue a insisté pour restreindre au minimum toutes les activités avec son bras gauche. Cela signifie qu'on ne peut pas prendre sa tension sur ce bras, et qu'on ne doit pas lui faire de prise de sang. Et le fait est que toutes les dix minutes, une nouvelle personne vient lui faire une prise de sang, une nouvelle infirmière vient lui prendre sa tension, et chaque fois, elle se dirige vers son bras gauche, et chaque fois, je la préviens et l'informe d'une interdiction qu'elle devrait connaître. Autrement dit, si je ne les informais pas de son diagnostic, ils feraient sans cesse des erreurs. La « database », la base de données, est une obsession américaine. Pour collecter de nouvelles données, le personnel médical entre dans la chambre toutes les cinq minutes, si bien que ça fait déjà quatre nuits que Sanja n'a pas fermé l'œil. Ça fait déjà trois jours qu'elle ne boit pas d'eau, et qu'elle ne mange rien, je lui fais passer en douce des glaçons qu'elle suce. Je demande au médecin : « Pourquoi est-ce qu'elle n'a pas le droit de boire de l'eau ou de manger ? »

– Parce qu'elle a fait un AVC et que l'orthophoniste (*speech therapist*) doit déterminer si elle peut oui ou non avaler convenablement l'eau et la nourriture.

– Et pourquoi est-ce qu'il ne vient pas le déterminer ?

– Il est prévu pour demain. »

À l'hôpital, le corps est soumis à des maltraitances systématiques, toutes les dix minutes, de nouvelles informations sont collectées dans une base de données que, manifestement, personne ne consulte et qui, en gros, est inutile.

Et pourquoi est-ce que l'écriture des médecins sur les ordonnances est toujours illisible ?

*

Je serre entre mes mains ses petites tennis. Je cherchais une inscription, le nom de l'entreprise qui les fabrique, mais je n'ai rien trouvé. On ne sait ni qui est leur producteur, ni où elles sont confectionnées. Aucune donnée sur leur origine. Elles sont en toile blanche, les moins chères. Anonymes. Ça lui ressemble tellement ! Car elle achète les choses en dépit de la marque : si, disons, le plus populaire des nouveaux téléphones est l'iPhone, elle en choisira intentionnellement un autre, le moins réputé. Ce n'est pas toujours très avisé. C'est pour cela qu'elle a aujourd'hui un téléphone relativement mal fichu et inutilement compliqué, et depuis qu'elle a commencé à oublier, de jour en jour, elle a de plus en plus de mal à s'en servir.

Elle s'est réveillée et me demande : « Qu'est-ce que tu fais avec mes chaussures ? » Bonne question. Je dois avoir l'air un peu fou, le nez dans ses tennis. Pour elle, ce sont des chaussures. Et de fait, c'est le cas : tous ses souliers portent le même nom, et il n'y a pas de différence entre des escarpins et des tennis, pour elle, ce sont toutes des chaussures.

*

En y réfléchissant bien, lors de notre première rencontre, c'est cette absence de snobisme qui m'a attiré chez elle. Lors de cette première rencontre, on parlait d'art. Une fille – dont j'ai entre-temps oublié le nom – venait de rentrer de Paris, et parlait avec enthousiasme de sa visite à une galerie où elle avait vu un tableau de son peintre préféré, Toulouse-Lautrec. Et Sanja, avec le même enthousiasme pour le peintre et son tableau, était allée fouiller dans la bibliothèque, était revenue avec un livre ouvert, *Histoire mondiale de l'art*, et avait montré du doigt cette œuvre de Toulouse-Lautrec. Mais son interlocutrice avait secoué la tête en disant : « Oui, d'accord, mais… Non, ce n'est pas la même chose » (c'est la snob en elle qui parlait, elle avait vu le tableau *en vrai*, alors que dans le livre, ce n'était tout de même qu'une reproduction), et elle avait déjà perdu tout intérêt pour cette discussion sur l'art, mais Sanja avait pressé son doigt sur l'image et, à la stupéfaction de son interlocutrice, avait lancé : « Rien à foutre ! » et continué à parler du peintre. *My kind of girl.* Mon intello. Mon anti-snob.

*

Pendant le scanner, comme elle était agitée et ne cessait de remuer la tête, j'étais à ses côtés, avec un tablier de plomb pour me protéger des radiations, je la tenais par la main. Et aujourd'hui, quand nous sommes allés passer l'IRM, une imagerie médicale approfondie dont je ne savais, à dire vrai, rien jusqu'à maintenant, j'ai proposé à la jeune femme qui travaillait là-bas d'accompagner à nouveau la malade, de lui tenir la main pour l'apaiser. Elle s'est mise à rire, et m'a dit que c'était impossible ; j'ai demandé : « Pourquoi ? », et elle m'a dit que c'était interdit, car la pièce où se déroule l'IRM rappelle une salle de tir, et qu'on peut y mourir car, par exemple, a-t-elle dit, « … si par hasard une boucle d'oreille, même minuscule, est restée dans l'oreille du patient, l'aimant la projette avec une telle force qu'elle s'enfonce dans le mur comme une balle de pistolet.

– Quel aimant ? ai-je naïvement demandé.

– C'est une IRM, a-t-elle dit. Vous savez ce que signifie le M dans IRM ?

– Non.

– Ça veut dire : magnétique. L'IRM, c'est une *imagerie par résonance magnétique.*

– D'accord, me suis-je justifié de mon ignorance, mais est-ce que ça ne serait pas une belle mort, une mort exceptionnelle, d'être tué par sa boucle d'oreille ? »

La jeune femme a ri, mon ignorance l'amusait.

*

Un matin ensoleillé. Sur le parking de l'hôpital, le jardinier pousse la « brouette rouge » de William Carlos Williams.

*

Toute la journée, je crois voir des dessins de Kafka, et je pense à son *Journal*. Pendant que Sanja dort, je veille, je ne fais rien. J'attends, même si je ne sais pas très bien quoi. Je surveille les infirmières pour qu'elles ne lui donnent pas, on ne sait jamais, le mauvais médicament, ou qu'elles ne lui fassent pas une prise de sang sur le « mauvais » bras. Alors, je me sens utile. Je regarde le ciel pluvieux par la fenêtre. La vie se change lentement en syntaxe kafkaïenne où l'on aurait omis le futur. Qui a dit, déjà, que Kafka est un continent, et qu'en le lisant, tu arrives toujours dans des endroits où tu n'étais jamais allé auparavant ? Je ne me suis jamais autant langui du monde extérieur, dans lequel nous visitons ensemble des lieux où nous ne sommes jamais allés auparavant. La nostalgie du temps où tout était normal. De mon point de vue, c'était il y a une dizaine de jours, mais pour elle, c'était il y a quelques années, là où commence son oubli.

J'ai envie de croire que ses souvenirs vont bientôt revenir, car nous n'avons pas la force de nous battre contre l'oubli.

*

Ces douze derniers jours, j'ai compris que les gens ne s'appelaient plus au téléphone, qu'ils ne parlaient plus en direct, mais qu'ils s'envoyaient des textos. Ce n'est pas si mal que ça. Le téléphone sonne rarement, je discute avec le reste du monde en silence, si bien que je ne la réveille pas quand elle dort. Nous sommes passés de l'époque de la parole à l'époque du texte. Mais ce dont j'ai besoin en ce moment, c'est d'un interlocuteur prêt à m'écouter pendant des heures, d'une bonne bouteille de Dingač, et peut-être d'une cigarette.

Elle croit qu'elle est encore fumeuse, et elle m'a demandé aujourd'hui : « Est-ce que je pourrais sortir pour fumer une cigarette avec mon café ? » Elle a fumé sa dernière cigarette il y a quatre ans. Les quatre dernières années n'existent pas dans ses souvenirs. « Depuis ton AVC, tu as rajeuni de quatre ans ! » lui dis-je.

*

J'ai quand même essayé de la dessiner, sans succès. Pour une raison très simple : elle n'en est pas consciente, ou si elle l'est, cinq minutes plus tard, elle aura déjà oublié que je la dessine. En termes psychologiques et moraux, c'est une contrainte impossible, réobtenir sans arrêt son accord pour être dessinée, et recommencer à zéro toutes les cinq minutes.

Pour rafraîchir la mémoire, la répétition est cruciale, il faut ranimer à nouveau dans les souvenirs les épisodes de la journée, se souvenir à nouveau des mêmes événements. On est en quelle année ? Quel mois et quel jour ? Elle est parfaitement consciente qu'elle ne se souvient pas, et elle pose les questions qui sont importantes pour elle, elle s'adresse à moi depuis son oubli avec une implication affective totale. Voici l'une des questions qu'elle répète chaque jour : « Comment va ta mère ?

– Elle est morte en décembre, il y a quatre mois », je dis.

Elle fond en larmes. « Je ne savais pas… Je suis désolée. » Et chaque jour, elle répète la question : « Comment va ta mère ? » Chaque jour, elle ressent avec la même intensité cette nouvelle qu'elle a entre-temps oubliée, et qu'elle apprend toujours pour la première fois.

*

Il est déjà minuit passé, et je regarde sur ma tablette le film *The Decay of Fiction*, de Pat O'Neill. C'est un film expérimental tourné dans les locaux abandonnés de l'hôtel Ambassador, à Los Angeles. Les images documentaires des couloirs déserts, du bar de nuit vide et des chambres à l'abandon alternent avec les images d'événements importants s'étant déroulés dans ces mêmes lieux par le passé. Dans le film, le montage transforme l'espace en temps. Et tandis que je regarde, je sens mon angoisse monter, mais je n'arrive pas à m'arrêter de fixer l'écran, dont la lumière bleuâtre a réveillé Sanja. Son visage est en sueur, elle demande : « Tu peux me laver ? »

Je la lave en cachette, si tant est qu'on puisse qualifier ça de toilette. Ça la gêne de se faire aider par les infirmières qui, de leur côté, s'opposent à ce que je le fasse. Ce n'est pas une toilette dans les règles ; il est impossible de l'écarter du lit, auquel elle est reliée par des câbles transparents et par un écran qui surveille son rythme cardiaque. J'ai des provisions de lingettes, dont je me sers pour la rafraîchir. De la tête aux pieds. Même maintenant que nous sommes vieux, je me rappelle la jeune fille. Je passe les lingettes sur son visage, son cou et ses épaules, sur sa poitrine, sous ses aisselles, très prudemment sur ses bras pour ne pas faire bouger la seringue dans sa veine, pour ne pas rouvrir les cicatrices de piqûres sur son avant-bras, puis sur son ventre, son entrejambe, et le long des cuisses, des mollets, des chevilles et des pieds. À première vue, c'est un triste jeu érotique dans lequel la seule règle importante est que mes gestes ne lui fassent pas mal. Son corps est pour moi un terrain connu, il a changé avec le temps, et je me souviens de lui dans ses différentes phases. Je me souviens de *tous* ses corps.

Pendant la nuit, entre le samedi et le dimanche, nous sommes devenus vieux. Et puis-je imaginer une autre femme qui vieillirait ainsi à mes côtés ?

*

Le monde a continué à vivre sans nous. Rien n'a changé parce que nous nous étions arrêtés au huitième étage d'un couloir d'hôpital, les paumes appuyées à une baie vitrée qui donne sur le jardin d'une maison ; un homme en pleine conversation téléphonique arpente la pelouse devant l'entrée, il va jusqu'au chêne au bout du jardin, s'appuie à son tronc de sa main gauche et continue à parler. Une scène de la vie ordinaire, qui me semble soudain lointaine et inaccessible. Nous nous entraînons à marcher dans le couloir de l'hôpital, et c'est ainsi que nous sommes arrivés à la baie vitrée qui donne sur une maison devant laquelle un homme s'appuie de sa main gauche au tronc d'un chêne. À nos pieds s'étend Arlington, derrière Falls Church, et encore derrière Vienna et Tyson Corner. Elle dessine du bout du doigt un cercle sur la vitre devant elle et dit : « Nous avons habité là. Je me souviens. C'est là qu'il y avait l'Institut de sous-titrage des films hollywoodiens. » Je me tiens à côté d'elle, la main droite appuyée à la vitre, l'empreinte de l'écorce du chêne sur ma paume gauche…

*

C'est bientôt l'aurore ; nous regardons par la fenêtre de l'hôpital. Elle se réjouit d'être réveillée, et de pouvoir assister à la transition entre la nuit et le jour. Elle dit : c'est tout de même un fort contraste d'ombre et de lumière, les gens devraient attendre rituellement le lever du soleil, pour que le corps accepte naturellement ce brusque changement. Par la fenêtre de la chambre d'hôpital, nous regardons si le soleil va à nouveau se lever à l'est. Le ciel est encore sombre, et la lumière de la chambre fait de la vitre devant nous un miroir, dans lequel nous voyons nos visages. Et elle dit :

« J'ai vieilli.

– Mais non, tu n'as pas vieilli.

– Si, j'ai vieilli.

– Non.

– Si.

– Non !

– Si, puisque je te le dis ! »

Et voilà le soleil.

*

« Qu'est-ce qui m'est arrivé ?

– Tout s'est passé au petit matin, le 2 avril. Un samedi. Dehors, il pleuvait. Nous avions déjà bu notre café du matin, et j'ai décidé d'en refaire. Je t'ai demandé si tu voulais encore du café, tu as ri et dit que oui. Tu t'es levée du canapé pour aller à la salle de bains. »

Chaque fois que je décris notre salon, je dis « canapé », mais ce n'est pas un canapé, c'est un *daybed*, je ne sais pas comment ça s'appelle dans notre langue, une banquette un peu plus large et spacieuse qu'un canapé, un « lit de jour » (à la différence du lit ordinaire, principalement « nocturne »), car il sert à se reposer en journée. La plupart des événements importants de notre vie se sont déroulés dans notre langue, mais les plus importants se sont déroulés en anglais. Ce sont ces jours dont je ne suis jamais sorti. Ils ne sont pas nombreux. Trois, quatre. J'aimerais qu'ils n'aient pas eu lieu, j'aimerais ne pas m'en souvenir, mais c'est impossible. Pour décrire cette journée, le 2 avril 2016, je devrais, donc, utiliser l'anglais.

« Tu t'es levée du "lit de jour" et es allée à la salle de bains, et j'ai versé le café dans le filtre. Et pendant que tu étais à la salle de bains, ton bras gauche s'est engourdi. Tu ne sentais plus tes doigts, et la douleur dans ton épaule était insoutenable. Ça s'est passé en un clin d'œil. Tu allais parfaitement bien, tu étais joyeuse et loquace, puis il y a eu cette douleur soudaine. J'ai appelé le Samu, ils sont vite arrivés, et après un examen superficiel, ils ont décidé de t'emmener à l'hôpital, pour des examens plus approfondis. Et à l'hôpital, le scanner et l'IRM ont montré que tu avais dans l'artère sous-clavière gauche un thrombus qui avait, manifestement, provoqué un AVC. D'autre part, il s'est avéré que tu étais très anémiée. C'est pour ça que nous sommes ici maintenant. »

*

« Je peux te demander quelque chose ?

– Vas-y ?

– Quand je mourrai, je voudrais que tu me fasses incinérer. Et ensuite, ramène-moi à la maison, absolument. »

La peur de mourir dans un monde étranger. Il y a eu la peur de vivre dans un monde étranger, mais cette peur n'est pas aussi menaçante et destructrice. Chacun vit avec sa propre peur de la mort, mais cette importante précision (« dans un monde étranger ») ajoute un malaise substantiel, métaphysique, bien qu'il y ait dans tout ça un paradoxe évident : pourquoi ressentons-nous un malaise vis-à-vis d'un espace où, en réalité, nous ne serons pas, pour la bonne et simple raison qu'à ce moment-là, nous aurons cessé d'exister ? Nous ne sommes pas en mesure de penser en dehors du cadre de notre vie. Même dans la mort, il est important d'être chez soi.

*

Nous regardons la neige par la fenêtre. Elle tombe à gros flocons. Elle n'a jamais aimé la neige, le froid l'horrifiait, et ce sentiment s'est particulièrement accentué avec les hivers glaciaux de la guerre, pendant le siège de Sarajevo.

Elle regarde par la fenêtre et demande : « Qu'est-ce que c'est ? » Je dis : « Des flocons.

– Je n'avais jamais vu de si gros flocons.

– Moi non plus, je dis.

– Pour l'instant, nous ne connaissions que les *flocons*, dit-elle. Ce sont nos premières *floches*. »

L'infirmière est entrée dans la chambre, elle apportait les médicaments. Elle a scanné le code-barres de son bracelet en plastique, et posé les questions de routine qui accompagnent en général cette procédure : « *Your name...?* – Sanja Mehmedinović. – *Date of birth...?* – 17 septembre... » Puis, en regardant par la haute fenêtre la neige qui tombait dehors, je lui ai demandé :

« On est quel mois ? »

Elle a regardé la neige par la fenêtre en s'efforçant de se rappeler.

« Avril... », et elle s'est mise à pleurer. Et elle a dit :

« Avril est le mois le plus cruel, il engendre Des lilas qui jaillissent de la terre morte… T. S. Eliot ! Je me suis souvenue ! »

L'infirmière m'a regardé en cherchant une explication, et je ne savais pas quoi lui dire.

*

Son parler est inchangé, le fonds de mots est resté le même. Si la langue est un miroir du monde, alors, rien de ce dont elle se souvenait (et qu'elle a à présent oublié) n'est perdu. Si la langue est conservée dans son intégralité, alors, tout son monde, qui réside dans la langue, est resté intact. Ce qui signifie que *rien* n'est oublié, et que maintenant, nous devons *tout* arracher à l'oubli.

*

Ivica est passé ce matin, il nous a dit qu'il avait fait un rêve étrange. « Dans mon rêve, j'ai huit ans, et c'est comme si je me regardais de l'extérieur : j'ai une frange coupée de travers, je suis à Sarajevo, et je suis assis sur un muret en pierre. Puis mon père arrive, il est jeune et beau, et il me dit : "Allez, on s'en va ? – Où ?" je lui demande, et il dit : "Au Vatican." Ensuite, nous sommes sur la place du Vatican et nous arrivons à un muret qui est, en réalité, le même muret que celui de Sarajevo. "Assieds-toi là", me dit mon père, et attends-moi." Et je me suis assis et j'ai attendu, mais il n'est jamais revenu. »

Ivica… Depuis que je suis aux États-Unis, il est mon grand frère qui passe derrière moi pour rattraper mes erreurs.

*

Harun m'a appelé de l'avion, pour me dire qu'il n'allait pas atterrir à DCA (comme il me l'avait annoncé initialement), mais à Dulles. Il n'a pas bien regardé le billet qu'il a acheté à la hâte. Je suis sorti du parking souterrain de l'hôpital dans une journée ensoleillée.

Dulles se prononce comme Dallas et une fois, dans les lointaines années quatre-vingt, un ami de Zagreb, lors de son premier voyage à Washington et aux États-Unis, avait paniqué quand le pilote, vingt minutes avant l'atterrissage, avait informé au micro les voyageurs qu'ils allaient bientôt atterrir à *Dallas*. Mon ami était convaincu qu'ils allaient atterrir au Texas, qu'il avait pris le mauvais avion, et il avait complètement paniqué. Je repense à son stress du voyageur en roulant vers l'aéroport, parce que c'est comme ça que je me sens en ce moment : comme si tout ce qui m'arrivait était la conséquence d'un malentendu dont je venais de me rendre compte, mais ce « venais » dure depuis déjà des jours, et cette profonde anxiété est devenue mon état normal.

Sur le chemin de l'aéroport, j'ai traversé le quartier de Peach Tree, et je suis passé devant l'immeuble où nous avions habité en 1996 et 1997. J'ai regardé le parking devant l'immeuble, et une scène a émergé de l'oubli. J'ai acheté notre première voiture, nous sommes sur le parking, il neige, et Harun me supplie de le laisser conduire, « juste un aller-retour jusqu'à la bibliothèque. – Allez », je dis. Il a treize ans, c'est la première fois qu'il conduit, et il regarde le ballet monotone des essuie-glaces avec une expression de pur bonheur sur son visage d'enfant. Et aujourd'hui, vingt ans plus tard, en roulant vers l'aéroport, c'est *ce* sourire que je vois. J'ai une envie instinctive de rembobiner le temps. J'ai imaginé un présent pour toi, mon fils, dans lequel tu revis éternellement tes premières expériences.

*

J'ai acheté un café au Starbucks de l'aéroport, suis allé au tapis roulant pour les bagages et me suis assis sur son rebord métallique. Pas de voyageurs nerveux autour de moi ; de temps en temps, un employé de l'aéroport passe avec un talkie-walkie allumé d'où s'échappent des voix criardes. C'est alors que je me suis rappelé que moins d'un an auparavant, nous nous étions Sanja et moi – avant son vol pour Sarajevo – assis au même endroit, et avions bu du café dans des gobelets en carton. Ce qui signifie que je suis inconsciemment revenu précisément ici, si fort est mon besoin d'être à ses côtés. En cet instant, tous les événements de ma vie se déroulent à l'unisson dans l'espace. Ainsi, tous mes présents durent indéfiniment. J'attends Harun. Il est enfin apparu dans un groupe de gens, son bandana rouge sur la tête. Il s'est arrêté une seconde, pour appeler quelqu'un. Et ensuite, le téléphone a sonné dans la poche de ma chemise, tout près de mon cœur.

*

Harun est assis en face d'elle, au bout du lit. Elle lui dit qu'il a maigri et demande : « Qu'est-ce que tu manges, de quoi tu vis, mon fils ? » Il répond qu'il a beaucoup de travail, et qu'il mange ce qu'il peut, sur le pouce. Il y a quelque chose d'évident dans la relation entre une mère et son fils, quelque chose d'*irrévocable*, mais chaque fois que j'essaie de le décrire, je me mets à bredouiller maladroitement. Je me suis levé de ma chaise, et dans le miroir au mur, je me suis vu, j'ai vu le lit dans lequel elle est couchée, et notre fils qui repose sa main sur le bord du lit. Je nous ai vus si nettement, tous les trois capturés dans le miroir, comme si nous étions dans l'immensité déserte de l'univers, et que nous nous réchauffions mutuellement de nos haleines chaudes. Nous trois, nous sommes un pluriel, et pourtant, dans le miroir, nous sommes l'expression de la solitude absolue. Elle regarde son fils comme si elle ne l'avait pas vu depuis des années (au sens littéral du terme, car ses derniers souvenirs de lui remontent à quelques années), et puis elle lui dit qu'elle l'aime « aussi grand que tout l'univers à pas de souris ».

*

En avril de l'année dernière, Harun et moi errions dans les déserts américains et, pour les besoins d'un projet sur lequel il travaillait alors, il filmait le ciel étoilé. Je me souviens, il faisait nuit noire, nous nous étions arrêtés un peu avant minuit. Dans le noir, j'avais l'impression que nous étions au bout du monde, et je me souviens de notre veille jusqu'au matin comme d'une expérience d'isolement total et de sublime solitude. Ce n'est qu'au matin que le paysage a soudain resplendi sous mes yeux, et ce que les caméras avaient filmé pendant la nuit, c'étaient trois roches rouges dans la vallée, et le ciel au-dessus d'elles. Monument Valley. Et un mois plus tard, en mai, cette vidéo avait été projetée sur un écran géant derrière Mick Jagger et Keith Richards lors de la tournée « Zip Code » des Rolling Stones, en guise d'illustration visuelle pour la chanson « Moonlight Mile ». Quel bond de la solitude à la non-solitude ! Une chose née dans un isolement absolu du monde était devenue partie prenante d'un événement public d'envergure mondiale.

Mon corps se souvient de différentes sortes de solitudes, mais aucune ne m'a autant dévasté que celle qui m'envahit quand je veille la nuit à côté de son lit, et que je la regarde torturée par la douleur et l'insomnie.

*

Le nouveau roman de Ian McEwan est annoncé pour septembre. Le livre raconte l'histoire d'un enfant qui, encore dans le ventre de sa mère, a entendu une discussion dans laquelle quelqu'un planifiait un assassinat. Nos souvenirs débutent avant notre naissance. Mais comment un enfant pas encore né peut-il se rappeler de mots dont il ignorait la signification au moment où il les a entendus ? À moins qu'il n'ait une mémoire photographique, et qu'il ait retenu la sonorité des mots, et compris leur sens par la suite.

Sanja avait une mémoire photographique, le don (ou la malédiction) de retenir visuellement des pages entières d'un livre. Mais ça a disparu avec la naissance d'Harun. Pendant les derniers mois de sa grossesse, le médecin lui a expliqué que « le fœtus l'épuisait », et elle disait : « Cet enfant est plus fort que moi ! »

*

Ça a toujours été elle qui prenait soin de moi, et non l'inverse. Il est difficile d'inverser les rôles. Couchée dans son lit d'hôpital, elle me regarde et demande : « Je peux faire quelque chose pour toi ? »

*

Et quand le docteur lui demande quelque chose dont elle n'arrive pas à se souvenir, elle se met à se comporter comme pendant une interrogation à l'école, elle me regarde en haussant les sourcils pour que je lui souffle la réponse.

« Comment tu t'appelles ?

– Sanja.

– Date de naissance ?

– *September Seventeenth.*

– Quel jour sommes-nous ?

– *I am not sure…*

– Comment s'appelle notre président ? »

Elle s'efforce en vain de se rappeler le nom, puis elle a recours à la description :

« *One of these two… from the same family…* (Elle pense à Bush.)

– Écoute-moi bien, je dis, le président actuel est le premier Afro-Américain à la Maison-Blanche…

– *Wow! That's a real improvement!* »

Puis elle finit par se souvenir : « Obama ! »

Assis à côté de son lit, je deviens peu à peu obsédé par l'oubli.

Nous en apprenons un peu sur le temps en observant ce qu'il fait à notre corps. Ou en voyant nos enfants grandir. Mais notre corps n'est pas la preuve que le temps existe. Et notre problème n'est pas que nous oublions, mais que nous nous souvenons. La physique quantique ne connaît pas la continuité. Alors que notre expérience est précisément l'expérience de la continuité. C'est un problème insoluble. Nous nous souvenons de ce qui s'est passé la veille.

*

Renata est venue nous rendre visite ce matin. Elle s'est assise à côté d'elle, et n'a pas arrêté de faire des choses utiles ; par exemple, elle a commencé à lui masser le visage. Elle sait manifestement comment se comporter en compagnie d'un malade, et moi, je l'observais en m'efforçant de retenir tous ses gestes, pour pouvoir les reproduire après. Mais ce massage du visage ressemblait à un rituel, elle accompagnait tout ce qu'elle faisait de murmures, elle a expliqué pourquoi il était important d'exercer une pression au-dessus de l'os frontal, puis elle a appuyé l'index sur sa paupière inférieure. Et je suis très sensible quand il s'agit des yeux. Les jours de pluie, quand je suis dans la rue et que je croise des gens avec des parapluies, je sens ma tension oculaire monter. Je redoute les baleines des parapluies, l'une d'entre elles pourrait me blesser à l'œil. C'est une peur irrationnelle, l'une de celles qui se forment dans l'enfance. Quand Renata, du pouce de sa main gauche, presse les tissus tendres de la paupière inférieure droite de Sanja, je ferme instinctivement les yeux.

*

La question, c'est : où passe le temps ? L'oubli, ce n'est pas seulement l'évanouissement des événements du passé, c'est également un effacement complet du temps. Quand je lui demande : en quelle année sommes-nous ? elle ne sait pas, et quand je lui dis que nous sommes en 2016, elle s'étonne : comment se fait-il que tant d'années se soient écoulées ? Et elle demande :

« Où est passé le temps ?

– Il est parti. Il est rentré chez lui. »

À l'hôpital, la donnée la plus importante à notre sujet est notre date de naissance. Mais dans nos vies, cette année n'est pas particulièrement importante. Il m'a fallu vieillir pour le comprendre. Nous mourons tous jeunes.

*

Le thérapeute est dans la chambre, et depuis déjà une demi-heure, ils font des exercices de mémorisation. Elle est en train d'ordonner des photographies sur le plateau-repas mobile devant elle. Les quatre clichés représentent un homme qui se rase dans une salle de bains. Elle doit ranger les photographies dans le bon ordre. D'abord celle montrant un visage avec une barbe de sept jours, puis l'application de la mousse, puis le rasage, et la série se termine par la photo de l'homme qui essuie son visage rasé avec une petite serviette. L'une des conséquences de l'AVC est la lenteur à relier les événements dans leur continuité. Se remettre de l'AVC signifie accélérer. Son problème de mémoire, en réalité, n'est qu'une perte de continuité. Elle n'a pas oublié, car avec l'aide de quelques indices, je la ramène dans un événement du passé, si elle n'arrive pas à se rappeler le nom du nourrisson de six mois de Kendra, je dis : « Reine », et elle s'écrie : « Quinn ! » Puis elle me corrige : « Quinn se prononce comme *Queen*, mais Quinn n'est pas une reine ! » Si elle n'arrive pas à se souvenir du quartier de Sarajevo où nous vivions pendant la guerre, je commence : « Seddd… » et elle lance : « Sedrenik ! » Elle n'a pas oublié, elle a juste du mal à se souvenir. Je la regarde essayer de ranger dans le bon ordre les photographies devant elle. Et elle ne sait pas si elle ne devrait pas mettre en premier la dernière photo sur le plateau devant elle, celle qui représente un homme inconnu en train d'essuyer son visage mouillé avec une serviette verte.

Pour moi aussi, le rasage matinal est une énigme liée aux souvenirs. Telle est la règle : après m'être débarbouillé, j'applique la mousse sur ma peau humide, et à l'instant où je commence à la racler avec mon rasoir, Z., une camarade de l'école primaire, fait irruption dans ma conscience. Elle avait une coupe afro, et un intervalle singulièrement petit entre la lèvre supérieure et le nez. Je ne suis pas lié à elle par une amourette enfantine. Mais chaque fois que je me rase, son visage ressurgit dans ma conscience, aussi nettement que si elle se tenait en ce moment même derrière moi, et que je voyais son reflet dans la glace. Pourquoi ? Je ne sais pas. Il n'y a pas de réponse aux raisons de nos souvenirs. Il n'y a pas de réponse, même dans le cas des premiers souvenirs.

*

Le docteur porte une cravate bariolée ornée de joyeux dessins d'enfant, afin d'avoir un effet positif, relaxant sur les patients. Et ça marche certainement, car Sanja l'a immédiatement complimenté sur les couleurs vives de sa cravate. Le compliment se concluait par la constatation qu'elle n'avait jamais vu quelque chose comme ça auparavant. Le docteur a alors demandé : « Il n'y a pas de cravates dans votre pays ? » Ce genre de question la fait toujours bondir, ce sont ces questions insultantes auxquelles les étrangers doivent répondre pendant les premières années de leur vie en exil (« Et est-ce que les gens ont des voitures dans votre pays ? »). « Voyez-vous, docteur, la cravate comme accessoire vestimentaire a été inventée dans mon pays, le mot "cravate" vient des Croates, c'était une partie de leur uniforme militaire au XVIIe siècle ! » Le docteur, surpris par cette explication, l'a patiemment écoutée débiter sa leçon, puis il s'est ressaisi, a pincé le bord de sa cravate entre le pouce et l'index et baissé la main, de manière à sortir de sous sa blouse la bande de tissu, qui affiche à présent sur toute sa longueur ses couleurs vives, sur sa poitrine.

*

Sa vue a baissé. Et en même temps, sa vue s'est corrigée. Je ne sais pas comment le dire autrement. Par exemple, elle n'a plus besoin de lunettes pour lire, mais quand elle me regarde, des taches apparaissent sur mon visage, des trous noirs. Au début, juste après l'AVC, elle ne voyait rien sur la droite de son champ de vision, elle n'arrêtait pas de se toucher le bord de l'œil, comme s'il y avait là un objet qui gênait son regard et qu'elle voulait l'enlever. Un soir, elle s'est tellement irrité l'œil que j'ai dû le lui rincer avec une solution stérile. Les taches noires qui apparaissent à la lisière de son champ de vision, donc, sont particulièrement agaçantes. Selon les spécialistes, le cerveau est une machine flexible et changeante. Il lui arrive parfois de dire : « C'est bizarre, là, du côté droit, je vois des figures géométriques et les visages de personnes qui ne sont pas dans la chambre. » Que se passe-t-il, au juste ? La conscience extrait des images de sa mémoire et les insère dans les trous noirs de sa vision, l'habituant à une vue complète, alors qu'en réalité, elle lui sert le mensonge convaincant qu'il n'y a pas de tache, pas de trou ; la vue est complétée par des images du passé, ou des objets issus de son imagination. Depuis plus de sept jours, elle ne se plaint plus du noir sur sa droite, et soutient qu'elle voit.

*

Je deviens chicaneur, et le personnel médical m'évite. Même mes propres cheveux m'énervent. Il fallait que je me blesse moi-même, pour ne pas blesser quelqu'un d'autre. Hier, quand Sanja s'est endormie, je suis allé à la salle de bains et me suis coupé les cheveux au rasoir. Au début, je voulais me raser la tête, mais une fois devant le miroir, le courage m'a manqué.

Ivica est venu ce matin avec un bouquet de fleurs. Elle dort, nous chuchotons. Il n'y a pas de vase, juste un grand verre. Mais pour mettre les fleurs dans le verre, il faut couper les dures tiges vertes. Ivica les raccourcit au couteau. Et soudain, la sensation d'une lame qui coupe des cheveux humains.

*

Le lit d'hôpital sonne chaque fois que l'un de nous deux appuie la main sur la rambarde. C'est ainsi que le lit, si elle se lève et essaie d'en sortir, alerte les infirmières de garde, qui se précipitent dans la chambre. Je comprends le principe, mais là, ça va vraiment trop loin, le moindre mouvement déclenche une alarme stridente qui, tard dans la nuit, nous glace le sang dans les veines, nous rend fous tous les deux, m'énerve, et je suppose elle aussi. Et puis, ce soir, le lit s'est mis à sonner, et aucune infirmière n'est venue. Elles s'opposent à ce que je fasse les choses à leur place, mais j'ai à présent d'excellentes raisons de ne pas être satisfait de leur travail. Pourquoi ce bruit est-il si agaçant ? C'est un lit intelligent, mais son intelligence fait plus de mal que de bien. L'idée initiale, bien entendu, est très utile : une alarme qui peut prémunir le malade contre une éventuelle automutilation. Mais dans les faits, c'est, en gros, un instrument de torture nocturne.

*

Nous avons déménagé trop souvent, la dernière fois il y a deux ans, en février 2014. Ce n'est pas une bonne idée de déménager en hiver, car la pluie ou la neige peuvent tomber sur les meubles, sur le lit ou les livres. Nous n'avons déménagé que quelques kilomètres au nord, plus près du fleuve, et pourtant, les jeunes hommes qui transportaient nos affaires dans le camion loué pour l'occasion ont réussi à perdre notre lit. Dans tous les déménagements, il y a quelque chose qui se perd en route, un carton de livres, une chemise. Mais comment peut-on perdre un lit ? Ce n'est pas un parapluie. Un lit, c'est trop grand pour disparaître comme ça. « Où est le lit ? » ai-je demandé aux jeunes hommes qui déchargeaient le camion, et ils ont haussé les épaules, penauds.

*

Le médecin (celui avec la cravate guillerette) me présente prudemment le problème qui nous attend quand nous serons sortis de l'hôpital : elle devra venir tous les jours se faire faire une injection de Coumadine (un anticoagulant), mais la procédure pourrait être beaucoup plus simple si j'acceptais de lui faire les injections à la maison.

« Impossible, j'ai horreur des piqûres, je dis. J'aurais pu devenir accro à n'importe quelle drogue, sauf à l'héroïne. Une seringue ? Non merci.

– Vous ne voulez pas essayer quand même ?

– Hors de question. »

Cette discussion m'a perturbé, parce que le trajet quotidien jusqu'à l'hôpital sera épuisant pour tous les deux. De plus, je ne peux pas demander à mon travail qu'ils me libèrent tous les jours pour que je l'emmène. Enfin, je peux, mais qui irait accepter ? Ce même soir, Sanja s'est plainte de douleurs là où ils lui faisaient ces injections, trois doigts à gauche ou trois doigts à droite du nombril. Ici, ils font ça de manière mécanique et brusque. Elle dormait quand l'infirmière est arrivée à minuit, et j'ai demandé : « Je peux lui faire son injection ? » L'infirmière avait assisté à mon entretien avec le docteur, et elle a accepté sans faire d'histoires. J'étais soulagé que Sanja dorme, au moins, je ne verrais pas la douleur sur son visage quand je lui ferais la piqûre. L'infirmière m'a lentement et patiemment expliqué tout le processus. On n'y voyait pas assez bien dans la pièce, je n'osais pas lui faire une injection dans la pénombre, et j'ai allumé toutes les lumières de la chambre, ce qui a réveillé Sanja. Ébahie, elle m'a regardé serrer la seringue au-dessus d'elle entre mes doigts raidis. « Je vais te faire ton injection, pour que ça te fasse moins mal. » J'ai dit ça plus pour me donner du courage qu'autre chose, mais ça l'a apaisée. L'aiguille est vraiment à peine visible, avec une piqûre bien nette et sans bouger la seringue, ça ne peut pas faire (si) mal. Tout s'est passé très vite, car j'avais hâte d'en finir, l'infirmière m'a félicité, comme on complimente un enfant qui a réussi à accomplir une manipulation. Et Sanja a dit : « Je n'ai pas eu mal du tout ! »

*

« Attends, je t'ai accompagnée pour tous les examens, le scanner, l'IRM. J'étais à tes côtés dans un tablier en plomb au milieu des radiations, je t'ai tenu la main tout le temps ! Si ce n'est pas de l'amour, qu'est-ce que c'est, hein, dis-moi ?

– On se calme, dit-elle. *Stop dicking around!*» (C'est une phrase qu'elle utilise en guise de traduction de l'expression argotique bosnienne haute en couleur « arrête ton concours de bites ».)

*

Amaigrie, dans une nouvelle tenue, un chemisier en soie bleu-gris et une jupe grise aux genoux, avec des lunettes de soleil et une nouvelle coupe, elle est sortie au soleil et tourne sur elle-même, désorientée, comme si elle voyait le monde pour la première fois.

« Regarde-toi, je dis, on dirait une star d'Hollywood qui rentre à la maison après une cure de désintox ! »

Elle rit et lance : « Melanie Griffith ! »

*

Nous rentrons de l'hôpital, nous prenons la sortie George Mason Dr., elle regarde les maisons le long de la route : « Je ne suis jamais venue ici ! Je ne reconnais rien. » Puis nous tournons sur Columbia Pike, une rue où nous avons vécu jusqu'à il y a un peu plus de deux ans, et que nous prenions pour aller au travail et rentrer à la maison. Je guette ses réactions, j'attends qu'elle reconnaisse quelque chose, n'importe quoi… nous passons devant un café nommé Rappahannock Coffee et elle dit : « Je suis allée ici une fois avec Kendra ! » Elle commence à se souvenir. Je veux croire qu'elle va – une fois revenue dans son monde, dans l'intimité de son appartement, et quand elle refera connaissance avec son quartier, avec les lieux en ville où elle allait souvent – se souvenir de tout. J'y crois vraiment, et j'ai hâte que ça se produise, que sa concentration revienne et qu'elle retrouve enfin sa sérénité dans son univers. Et le fait qu'elle ait reconnu un café où elle n'est peut-être allée qu'une seule fois, qu'elle se soit souvenue qu'elle était en compagnie de son amie, qu'elle avait bu un café (qui était bon!) et mangé un croissant ne fait que renforcer ma conviction que ses souvenirs vont vite se reconstituer. Nous descendons en direction du Pentagone, derrière s'étend la vue sur Washington, c'est la mi-avril, mais le ciel est d'un bleu estival, et je suis heureux que nous rentrions à la maison par une si belle journée. Pour moi, c'est un *omen*, c'est de bon augure, et en roulant, je répète : « Tout va bien se passer. » Je lui demande :

« Qu'est-ce que tu vois, là, maintenant ?

– Le Pentagone », dit-elle.

Et plus nous nous rapprochions de notre immeuble, plus ses souvenirs, me semblait-il, étaient vivaces. Mais quand je me suis garé sur le parking devant le bâtiment, elle a demandé :

« Ça fait combien de temps qu'on vit ici ?

– Deux ans.

– Je ne me souviens de rien ! C'est la première fois que je vois cet immeuble ! »

Nous sommes de retour. J'ouvre la porte, et notre appartement sent le café.

*

Il est bientôt minuit. Harun jette un œil dans le frigo à la recherche de quelque chose de sucré, en quête d'un goût bien spécifique de la cuisine de sa mère, mais lequel ? il n'arrive pas à s'en souvenir. Il essaie d'identifier à quoi ce goût lui fait penser. Puis il finit par se souvenir du gâteau mexicain *tres leches*. Une pâte qui, comme une éponge, s'imbibe de sucre, quelque chose comme la *patišpanja* de mon enfance. La *patišpanja* est un gâteau sucré qui – comme son nom l'indique – est arrivé en Bosnie d'Espagne, avec les Séfarades. Le goût du *tres leches* rappelle la *patišpanja*. Une *patišpanja* de minuit. Toutes ces années, c'est elle qui faisait la cuisine, maintenant, c'est mon tour. Est-ce que je vais y arriver ? C'était l'heure de lui donner son dernier médicament de la journée, le Lipitor. Je l'ai réveillée, elle s'est redressée, a pris son cachet dans un demi-sommeil et s'est retournée sur l'autre flanc. Je l'ai couverte et au passage, comme une prière, j'ai dit : « Sanja chérie, fais-nous une *patišpanja*... »

*

Coupe de cheveux et teinture ; c'est elle qui a insisté, parce qu'elle n'aimait pas les mèches grises qui pointaient aux racines, alors que ça fait déjà longtemps que j'aimerais qu'elle se laisse pousser les cheveux au naturel. Renata est venue avec ses ciseaux, et elle est vraiment douée, elle a coupé de telle sorte que les cheveux soient un peu plus longs du côté droit, et tombent naturellement, tandis que le côté gauche, plus court, se cale derrière l'oreille, ils sont encore plus courts sur la nuque, mais c'est joli, cette asymétrie d'ensemble, ça lui va bien, ça la rend plus belle. Elle avait besoin d'une coupe pour adoucir ses jours de convalescence à la maison, et nous avons obtenu un résultat qu'elle n'aurait jamais accepté dans des circonstances normales. Je ne suis pas certain qu'elle va aimer sa nouvelle coiffure, mais moi, elle me plaît. Pendant qu'elle se baignait, j'ai passé la main dans ses cheveux. Cela fait déjà trente-cinq ans que je répète ce même geste : je passe mes doigts dans ses cheveux. Elle se débat un peu, car elle a une nature de chat, alors que moi, j'aime qu'on me touche, je suis sans doute plus chien. Cela fait déjà trente-cinq ans qu'elle s'endort en serrant dans sa main une mèche de mes cheveux. C'est pour ça que, toutes ces années, j'ai les cheveux longs, pour qu'elle puisse se raccrocher à eux en dormant.

*

Elle s'apaise dans son sommeil en se tenant à mes cheveux… Nous avons souvent déménagé, les murs de notre chambre ont changé, mais il y a toujours eu au-dessus de mon bureau cette photographie en noir et blanc prise il y a bien longtemps, en 1980, par Mladen Pikulić. Elle est en compagnie de V., son amie de jeunesse. Elles posent l'une à côté de l'autre, leurs épaules se touchent, et elles regardent l'objectif. Elle porte une robe d'été blanche. Flocon de neige. Dans sa robe blanche qui lui tombe presque jusqu'aux chevilles, Sanja se hisse sur les orteils de son pied gauche, tandis que le droit est invisible, appuyé au mur derrière elle. Elle a levé la main droite au-dessus de sa tête, et tient dans son poing fermé une mèche de ses cheveux. Mais ses cheveux sont vivants, et au moment où la photo a été prise, la moitié de sa mèche est justement sortie de son poing. C'est le seul mouvement sur le cliché, que je suis sans doute le seul à voir et à trouver important. Son besoin de se tenir aux cheveux est une conséquence de son sentiment d'insécurité.

La première fois que j'ai vu cette photographie, c'était dans une petite galerie de Sarajevo, lors d'une exposition collective, pour le vernissage de laquelle jouait un groupe punk alors inconnu nommé Zabranjeno pušenje.

*

Aujourd'hui, je suis tombé sur Internet sur quelques scènes d'un film d'un jeune réalisateur colombien nommé Ciro Guerra. Dans une scène, un chercheur occidental montre une photographie au chaman d'une tribu quasiment disparue ; c'est manifestement la première fois de sa vie que ce pittoresque habitant de l'Amazonie voit une photo, et il observe avec intérêt ce cliché de lui, il remarque son collier, puis il inspecte ce même objet sur sa poitrine, et compare. Quand le scientifique essaie de lui reprendre la photographie, l'homme, surpris, lui demande :

« Qu'est-ce que tu fais ?

– Je vais la garder, c'est à moi.

– Mais c'est moi », réplique le chaman, troublé.

Alors le chercheur le corrige : « Ce n'est pas toi. C'est une image de toi. » Deux concepts opposés de la propriété.

J'ai envoyé le lien à son adresse mail, qu'elle le regarde quand elle ira mieux. Nous deux n'étions pas faits pour ce monde, car il n'y avait rien en lui que nous ayons envie de posséder. Mais je comprends aujourd'hui que c'est une punition ; si j'avais une propriété, nous aurions aujourd'hui assez d'argent pour que je l'emmène dans un endroit plus chaud, où elle regarderait l'eau claire sur un banc ou un balcon ensoleillé.

*

La photographie façonne les souvenirs. Quand je me penche sur mon passé, tel qu'il existe sur les photos, il me semble que je ne suis pas une, mais plusieurs, voire des dizaines de personnes différentes.

Mon ami Milomir Kovačević m'a une fois envoyé une photographie par mail et m'a demandé : « Tu te rappelles quand c'était ? » Sur la photo, je suis très jeune, je suis assis à une table, peut-être lors d'une soirée littéraire, ou d'un autre événement. Je n'avais jamais vu cette photo auparavant, et je ne me souviens pas de l'année où elle a été prise. Peut-être en 1984, ou 1986, ou 1988 ? C'est à cette époque-là que je portais ce sweat noir. Les vêtements duraient plus longtemps à l'époque, et je me souviens mieux du sweat que de mon moi d'alors. Je me souviens qu'à part ce sweat, le noir, Sanja en avait aussi acheté un blanc, car elle n'arrivait pas à se décider pour la couleur. Je me souviens de leur odeur. Voilà, avec le temps, ce sweat m'est devenu moins étranger que ce jeune homme sur la photo.

*

Ce soir, nous sommes allés avec Harun à Gravelly Point, un parc à côté de l'aéroport, car il voulait filmer l'atterrissage nocturne des avions. Quand nous sommes arrivés, il faisait encore jour, il marchait devant nous à la recherche d'un bon emplacement pour sa caméra, et au-dessus de sa tête volait un nuage de papillons, comme s'ils le suivaient. Des dizaines d'énormes monarques ! C'est ça qu'il aurait fallu filmer !

Le monarque migre du Mexique vers le Canada et revient, mais cette migration dure quatre générations. La première génération déménage du Mexique au Texas, la troisième naît au Canada. Bébé papillon et pépé papillon passent leurs brèves vies dans des pays différents. Comme nous dans les Balkans.

*

Harun est arrivé il y a deux semaines à un aéroport (Dulles), et il repart de l'autre (DCA). Je me sens vulnérable à cause de son départ. C'est un événement qui, dans notre vie, ne cesse de se répéter : nous nous conduisons l'un l'autre à l'aéroport. Ça fait déjà trop d'adieux. J'ai arrêté la voiture, nous sommes sortis tous les deux pour qu'il prenne son sac dans le coffre et pour nous dire au revoir. Une brève accolade («Prends soin de toi! – Toi aussi, prends soin de toi!»), et il a déjà disparu derrière la porte coulissante, qui s'est refermée sur lui, me renvoyant mon reflet.

Et alors que, pétrifié, je fixais la porte vitrée de l'aéroport, une connaissance m'a abordé; il était ravi de me voir. J'étais encore triste et sous le choc des adieux, et cet homme se réjouissait sincèrement de notre rencontre. Je l'ai reconnu, mais je n'ai pas réussi à me rappeler son nom. J'ai toujours eu du mal à retenir les prénoms. Nous nous croisions devant le siège de *Voice of America* à l'époque où nous y travaillions tous les deux. Beaucoup d'années ont passé depuis. C'est un lecteur passionné de poésie, et pendant nos pauses cigarette, nous parlions principalement de livres. Une fois, il avait apporté *Recollections of Gran Apacheria* d'Edward Dorn, pour me montrer les dessins dans le livre et la photographie sur la dernière page, et me convaincre que Dorn et moi nous ressemblions comme deux gouttes d'eau. Comment il s'appelait, déjà? Je fais en sorte qu'il ne remarque pas ma gêne. Il me reproche de ne pas avoir donné de nouvelles après mon départ de *Voice of America*. À la fin, il s'assombrit et m'avoue qu'il a un cancer. Je ne sais pas quoi dire. Je ne sais jamais quoi dire quand j'apprends une nouvelle tragique. Il part où? À San Diego. J'ai oublié son prénom, mais je me souviens que dans ses livres, il soulignait les passages importants au crayon à papier.

*

Elle a oublié de donner son ducat à Harun ; elle n'y a pensé qu'après son départ.

« Donc, tu te souviens de la pièce d'or ?

– Bien sûr que je m'en souviens ! »

Chaque fois qu'elle se rappelle quelque chose de récent, je me réjouis. Cela signifie que sa perte de mémoire n'est pas de l'amnésie, elle a perdu sa concentration, mais quand on lui rappelle un événement, cela réveille en elle une image qui est alors arrachée à l'oubli. Elle a acheté le ducat cette année, en janvier je crois, ou en février, mais elle a oublié où elle l'avait rangé, elle a fouillé tous les endroits où aurait pu se trouver l'écrin avec la pièce d'or, en vain. Et elle dit : « En y réfléchissant bien, un ducat, c'est quelque chose qui de toute façon n'existe pas. Le ducat comme unité de valeur inexistante. Chez nous, pour vanter l'intelligence de quelqu'un, on disait “elle vaut son pesant de ducats”. Ce que nous avons de plus proche du ducat, c'est quand une usine a commencé à produire des chocolats en forme de ducat : des chocolats en forme de pièce enveloppés dans du papier aluminium doré… Est-ce que toi aussi, tu as creusé dans ton jardin à la recherche d'un trésor enfoui inexistant ? Nous avons tous dans notre enfance creusé à la recherche de pièces d'or. Le ducat était une devise du passé, probablement du XIXe siècle. Et nous rêvions tous de ducats en or, alors que nous n'en avions jamais vu. Et c'est pour ça que j'ai acheté cette pièce d'or avec la tête de Mark Twain en cadeau pour Harun, pour que le ducat ne soit pas pour lui une devise inexistante, une métaphore, comme c'était le cas pour nous. Je l'ai rangé quelque part dans la maison, mais où ? je ne sais pas, je l'ai cherché toute la matinée, et je ne l'ai pas trouvé. Il cite souvent Mark Twain sur son Facebook, ils sont nés le même jour… »

*

Séance de manucure. Je lui vernis les ongles. Je suis lent, et je n'ai pas ce geste sûr de la base au bout de l'ongle, je ne suis pas un peintre très doué. Mais elle se laisse faire. Elle a des petites mains d'enfant, quand ils sont vernis en noir, ses ongles ressemblent à des pépins de pastèque. La couleur du vernis d'aujourd'hui est jaune.

Exister dans les souvenirs d'un enfant.

« Une fois, Zara, une petite fille de cinq ans, a vu une femme qui portait du vernis jaune et une écharpe jaune. Zara est aujourd'hui une jeune fille, et elle se souvient souvent de cette femme singulière qui, avec ses ongles jaunes, attendait le bus à l'arrêt Huntington Terrace. La petite fille a grandi avec cette image…

– Et qui était la femme avec le vernis jaune ? »

– Toi. »

*

Nous dessinons une horloge. Ce matin, j'ai réussi à la convaincre de dessiner une horloge ; d'écrire les chiffres et de dessiner les aiguilles pour montrer quelle heure il est. Hier, elle a placé au bon endroit 12 et 6 heures, mais elle a inversé les chiffres du côté gauche et du côté droit du cercle. Et ce matin, ils sont tous au bon endroit, sauf qu'elle a mis le 9 à la place du 3, et le 3 à la place du 9. Elle confond encore la gauche et la droite.

Ina, ma chef de la télévision allemande, a envoyé des fleurs, un beau bouquet de tulipes.

(À Arlington, cette année, les chevreuils entrent dans les jardins des maisons pour manger les fleurs. Et pas n'importe quelles fleurs, ils choisissent, et sont particulièrement friands des tulipes. Jamais auparavant, il ne s'était produit que les chevreuils viennent dans les jardins pour les fleurs. Ou du moins, les propriétaires de jardins d'Arlington ne s'en souviennent pas.)

Un jour, Ina m'a écrit un texte sur une feuille de papier de sorte que son message ne puisse se lire que dans un miroir. Quand elle était petite, en CP, elle écrivait de la main gauche ; ensuite, on lui a appris à écrire de la droite, mais ils n'ont jamais réussi à lui passer le goût de l'écriture qui se lit dans un miroir. Les hémisphères gauche et droit de son cerveau sont en parfaite harmonie.

Je regarde l'horloge que Sanja a dessinée sur une feuille de papier blanc et je me dis : si ces notes à son sujet devaient un jour être publiées dans un livre, alors, il faudrait imprimer le texte de manière que les mots se lisent dans un miroir posé en face des pages ouvertes.

*

Combien de temps notre convalescence va-t-elle durer ? Un appel du Vermont. Parmi toutes sortes de conseils sur la santé, D. affirme que Sanja doit manger des noix. « C'est bon pour le cerveau, dit D. Ce n'est pas un hasard si les cerneaux de noix ressemblent tant à un cerveau ! »

*

Je la coiffe et je l'habille. Au début, je choisissais parmi mes tee-shirts et mes chemises, parce qu'elles sont plus grandes que ses petites vestes, c'était plus facile pour moi, et parce que j'aime, je l'avoue, la voir dans mes vêtements. Mais j'ai rapidement découvert le vaste potentiel de ses légères robes d'été. Chaque jour, j'en choisis une autre pour sortir. Je la coiffe comme je pense qu'il faudrait mettre en plis sa coupe, et elle se laisse faire, elle accepte mon choix de robe pour la journée, elle se métamorphose lentement en petite fille, et moi en son grand frère. Inversion des âges. Quand nous nous sommes rencontrés, nous étions sérieux et trop adultes, puis nous avons grandi à reculons, et nous sommes maintenant deux enfants fatigués et apeurés.

*

Après trois semaines d'absence, je suis retourné au travail ; elle reste seule à l'appartement, ce qui m'inquiète. Elle a commencé à écrire un journal, où elle consigne les menus événements domestiques, afin de ne pas les oublier pendant la journée. Et je veux croire que c'est l'une des manières d'aider ses nouveaux souvenirs à se constituer. Elle est seule à la maison, ça me rend nerveux, et je sors souvent m'acheter un café. Au-dessus de l'entrée de notre bâtiment, celui où je travaille, ils ont installé une caméra de surveillance. À l'intérieur, dans le couloir, ils ont accroché au mur droit un petit écran plat sur lequel on peut voir, vu du ciel, le trottoir devant la porte d'entrée. Quand je rentre du café, j'ouvre la porte et je fais quelque pas jusqu'à l'écran, et je m'y vois toujours arriver devant le bâtiment, ouvrir la porte et entrer. C'est parce que la vidéo est en retard de huit longues secondes sur la réalité.

Personne ne sait pourquoi. Mais à chaque fois que je rentre, je me hâte vers l'écran pour pouvoir m'observer attentivement en train d'entrer dans le bâtiment. Et je me regarde avec une curiosité enfantine, car il est plaisant de se voir dans un passé qui n'est vieux que de huit secondes, et ne s'est pas encore changé en souvenir.

*

À minuit, mon bras gauche s'est engourdi, ça doit être une crise cardiaque. Et maintenant ? Je me suis prudemment extrait du lit pour ne pas réveiller Sanja. Ça ne va pas, mais alors pas du tout. Ce n'est pas le moment de faire un infarctus. Il est pas mal engourdi. J'ai eu toutes les peines du monde à trouver dans mon sac le comprimé de nitroglycérine que j'ai toujours sur moi au cas où mon cœur se contracte ainsi, c'est censé me soulager, au moins temporairement. J'ai posé le flacon avec le comprimé devant moi sur mon bureau. Puis j'ai ouvert mes textes inachevés sur mon ordinateur, dans l'intention de les envoyer par mail à Harun, de les trier du chaos des différentes versions, afin de ne pas risquer qu'on publie à l'avenir, par erreur, des textes dont je n'étais pas content. Ces menues tâches me calmaient, même si mon bras était de plus en plus engourdi ! J'ai ouvert un texte sur lequel je travaillais depuis déjà des mois, corrigé une ou deux fautes de frappe, reformulé une phrase ici et là, puis j'ai ajouté tout un nouveau fragment. À la fin, j'ai relu ce que j'avais écrit, j'étais satisfait, et ça a réveillé mon envie d'écrire. Je suis resté debout jusqu'au matin, à prendre des notes. Et quand le soleil s'est levé, j'ai versé dans la cafetière l'eau pour le premier café. Dehors, il tombait une pluie fine.

*

On dit qu'un malheur n'arrive jamais seul, d'autres problèmes, plus ou moins gros, viennent se greffer dessus. Et c'est vrai. De tous les soucis supplémentaires qui me sont arrivés ces dernières années, celui qui m'énerve le plus est l'alarme de notre voiture, qui s'est soudain mise à se déclencher et s'éteindre de manière complètement incontrôlée, dérangeant tout le monde. Ça arrive quand on s'y attend le moins, parfois après minuit, ou au petit matin. L'activation de l'alarme ne suit aucune logique. Notre voiture est une Ford Taurus de 2002, et j'ai découvert sur Internet que le comportement étrange de l'alarme était un défaut de fabrication. Ça arrive, avec les voitures américaines, dans une culture fondée sur le culte du profit, les voitures sont composées de pièces bon marché, afin d'économiser sur la production et de faire le plus d'argent possible. Quoi qu'il en soit, notre alarme se déclenche de manière incontrôlée, et je me suis retrouvé dans de beaux draps. J'ai habitué mon ouïe à sa sonorité, je me réveille facilement et je cours l'éteindre, avant de remonter lentement l'escalier. Parfois, il m'arrive de la réentendre alors que je suis en train de rentrer, et de devoir faire demi-tour. L'horreur ! J'ai commencé à avoir peur de notre Taurus. Aujourd'hui, je me suis endormi épuisé, et maintenant, j'entends sa voix dans mon sommeil : « Sem, réveille-toi, la voiture s'est remise à sonner ! »

Notre alarme qui tantôt s'allume, tantôt s'éteint.

*

L'AVC de Sanja a eu lieu en anglais. Dans mes notes, je traduis tout l'événement dans une langue esseulée, lointaine (parlée par un relativement petit nombre de gens, si bien que je peux l'imaginer disparaître à l'avenir). Certains détails sont intraduisibles. Notre solitude s'exprime le plus clairement dans le vide qui naît entre deux langues. Mais ce vide n'est pas la même chose que l'oubli.

*

Au travail, à la pause déjeuner, je monte sur le toit avec ma salade, je m'assois à l'ombre du grand disque de l'antenne satellite, j'ai dans ma ligne de mire une enseigne portant l'inscription « BLUES ALLEY ». C'est un bar jazz où j'allais en 1996, 1997, il y a vingt ans. Je travaillais à l'époque pour *Voice of America*. Et je venais toujours après minuit, à la fin de mon service de nuit. Le concert était déjà fini, les clients partaient, les musiciens rangeaient leurs instruments. Je venais là pour une illusion : sous les lumières bleues du bar, à la fin de la journée, j'étais l'un d'entre eux, musiciens, libres oiseaux de nuit, pas un immigrant perdu. Ça fait déjà presque vingt ans que je ne suis pas allé dans ce bar. Mais à présent, chaque jour ou presque, s'il ne fait pas trop froid et qu'il ne pleut pas, je m'assois vers midi sur le toit, de l'autre côté de la rue. C'est une ruelle très étroite (*alley*), et en m'étirant, je pourrais toucher du bout des doigts l'enseigne « BLUES ALLEY ». En réalité, tout mon passé se tient toujours juste là, tout près, en face et à portée de main. En prenant bien mon élan, je pourrais sauter dedans depuis le toit.

*

Après deux mois, nous sommes entrés dans une librairie. Barnes and Noble. Deux mois sans l'odeur des livres. Elle marche derrière moi, et explique : « Il n'y a rien dans cette librairie. Ils n'ont que les livres qui se vendent bien. » Elle a raison, mais j'ai besoin de humer l'odeur du papier, pour retrouver mon équilibre, et je voulais acheter le dernier roman de Don DeLillo (*Zéro K*, il est sorti hier). Je n'ai eu aucun mal à trouver le livre sur l'étagère, mais le design et la mise en page m'ont rebuté. Je pense que sa lecture me serait pénible. Ça arrive avec certains livres, ils sont mal fabriqués, et deviennent un objet rébarbatif. J'aimerais lire ce dernier roman, mais mes yeux s'y refusent. Nous sommes sortis, et une pluie chaude s'est mise à tomber. Elle rafraîchissait agréablement le corps. Dans la voiture, il faisait trop chaud, les vitres s'étaient embuées de l'intérieur. Quand nous sommes sortis du parking, un motard s'est soudain matérialisé devant moi, une femme lui enlaçait la taille par-derrière. Deux vieux, en réalité. Quand il a surgi devant moi, il était si près que j'ai d'abord vu son visage terrifié, et que je l'ai entendu crier. Ce n'est que grâce à ce cri que j'ai instinctivement écrasé la pédale de frein, ils ont filé, et j'ai passé quelques secondes à me calmer avant de poursuivre notre route. Je regardais ce vieux couple devant nous, il était sous le choc et virait de manière incontrôlée d'une voie à l'autre, je l'ai prudemment évité avant de continuer. Pendant tout ce temps, Sanja a répété à plusieurs reprises : « Fais attention ! Je t'en supplie, fais attention ! » Elle pense que j'ai un problème de concentration. Et elle a sans doute raison. Les motards avaient déjà disparu de mon rétroviseur quand elle a fait remarquer : « La femme sur la moto ne portait pas de casque. » (C'est interdit par la loi aux États-Unis.) Elle est devenue très attentive.

*

Un matin, je vais au travail, les routes sont vides, et au niveau de la sortie pour le Pentagone, je suis rejoint par un groupe de motards. Je roule sous leur escorte, une scène pour le moins insolite. Seul sur la route avec des motards, ils ont tous un drapeau américain cousu sur le dos ou attaché à leur veste en jean. À Rosslyn, ils bifurquent sur la route 66, vers l'aéroport, et je continue sur Key Bridge, ma Taurus est la seule voiture sur le pont, l'électronique déraille, les chiffres numériques verts sur le tableau de bord indiquent 9 h 45 du matin, je regarde sur mon téléphone, 7 h 25. J'entre dans Georgetown, je descends dans le parking souterrain, il n'y a que quelques voitures. Je ressors dans un matin couvert. Pas de nom de musicien sur le panneau sous l'enseigne « BLUES ALLEY », ce qui signifie que ce soir, il n'y a pas de concert dans le club de jazz. J'entre dans notre bâtiment, il fait noir, pas un chat. J'allume un ordinateur, j'ai hâte de vérifier notre programme mensuel, car je pressens que j'y trouverai une réponse. Et voilà, aujourd'hui est un jour férié, Memorial Day, j'aurais dû y penser en roulant avec les motards. Si j'avais prêté attention aux informations pendant le week-end, je le saurais. Mais je ne fais que reproduire de manière routinière des actions auxquelles ma conscience ne participe que superficiellement. Ma réalité, c'est son bras engourdi. Le temps se mesure aux brefs intervalles entre deux médicaments. Je suis si proche d'elle que l'oubli joue le rôle d'un sédatif en moi.

*

J'ai réussi à calmer l'alarme en arrêtant de verrouiller les portes de la voiture. J'ai découvert que, pour une raison mystérieuse, le déverrouillage des portes la fait bugger. La voiture ne reconnaît pas ma clé, pour elle, je suis un cambrioleur, c'est pour ça que l'alarme se déclenche. Cette Taurus nous a été offerte il y a un an par Kendra. Quand elle nous a proposé de nous donner sa vieille voiture, j'ai hésité, parce que je n'aimais pas son aspect. Je me souviens que vers les années deux mille, un design pour le moins raté s'est mis à dominer l'industrie automobile américaine, toutes les voitures étaient légèrement ovoïdes, et la Ford Taurus, avec ses rondeurs et ses courbes, se distinguait tout particulièrement par sa laideur. Si on m'en avait à l'époque offert une neuve, je ne l'aurais certainement pas prise. Aujourd'hui non plus, probablement, mais depuis que nous avions déménagé dans un immeuble relativement éloigné de la station de métro, si bien que je devais changer trois fois de moyen de transport pour aller au travail, nous avions besoin d'une voiture. J'ai accepté le cadeau. Je donne toujours un nom à mes voitures, et quand Sanja m'a demandé : « Comment elle s'appelle ? », j'ai répondu avec un sourire ironique : « Corto Maltese ! » Et je pense que je n'ai véritablement adopté la voiture qu'après que Sanja est tombée malade, car tout aurait été beaucoup plus compliqué sans. Un matin, nous sommes allés acheter des fruits. En rentrant avec nos sacs de groseilles et de fraises, nous avons pris l'ascenseur pour le parking souterrain. Quand la porte s'est ouverte, j'ai aperçu, entre des dizaines de voitures impersonnelles aux couleurs diverses et variées, notre Taurus. Et soudain, elle est belle ! Comparée aux autres, je la trouvais indéniablement plus belle.

*

Il y a déjà un long temps que je m'intéresse à la perte de mémoire, et l'année dernière, après ma visite médicale de routine, mon cardiologue m'a expliqué que l'un des effets secondaires du médicament que je prends depuis des années est l'oubli. Peu après, je suis parti en Arizona pour revoir, vingt ans plus tard, notre première adresse américaine à Phoenix. Et j'ai écrit un journal pendant ce voyage, dans lequel je m'efforçais de découvrir quelle était l'ampleur de mon oubli. La peur de la perte de mémoire revient chez moi de manière obsessionnelle depuis déjà un certain temps, et la perte de mémoire de Sanja n'est pas qu'une pure coïncidence. La question que je me pose dans la solitude de la chambre d'hôpital est la suivante : est-ce que notre intérêt obsessionnel pour certains sujets a un impact sur les événements, ou est-ce que nous nous souvenons inconsciemment de notre futur proche, et que ce souvenir éveille un intérêt particulier pour des problèmes auxquels nous ne serons confrontés que plus tard ? Ai-je eu une influence sur ce qui est arrivé à Sanja, ou est-ce que je m'en souvenais depuis déjà un certain temps comme d'un événement encore à venir ?

*

Voici un autre bref souvenir à propos de notre première adresse et sur le thème de l'oubli. Un jour, il y a longtemps, Harun a écrit un scénario de film qui s'ouvrait sur une violente scène de guerre : une jeune fille est blessée, son compagnon assassiné. Elle devient amnésique des suites de ses blessures. Elle ne se souvient de rien. À la Croix-Rouge, on lui apprend que son conjoint est encore en vie, ils ont retrouvé dans leurs registres son nom et sa nouvelle adresse. Elle va le voir, même si elle a oublié tout ce qui a trait à lui, elle ne se souvient même plus de quoi il a l'air. L'homme qu'elle rencontrera est en réalité le soldat qui a tué son compagnon, et s'est servi de ses papiers pour quitter le pays sous une fausse identité. Et le lieu de leur rencontre est un quartier de Phoenix, notre première adresse.

Quand nous sommes, Harun et moi, l'année dernière, arrivés devant « notre » appartement à Phoenix, il ne s'est rien passé, aucun signe comme quoi les lieux nous auraient reconnus. Il n'y a pas que les gens qui peuvent souffrir d'amnésie, les lieux aussi.

*

J'ai décidé d'emmener Sanja au Blues Alley ce vendredi, à un concert d'Arturo Sandoval, je me suis dit : il est temps de commencer à participer à des événements, qu'elle ait des choses à se rappeler. Mais c'était un projet trop optimiste. Ce matin (c'est vendredi), elle s'est réveillée avec une violente douleur dans le bras droit, elle est fatiguée et apathique, elle n'a pas envie de sortir de la maison. Après le travail, je sors par la porte de derrière dans la ruelle du Blues Alley, il pleut par intermittence, et devant l'entrée du bar se tient Arturo Sandoval, seul et pensif, dans un costume de lin bleu, il serre entre ses doigts un Cohiba, lève de temps en temps les yeux vers le ciel, et souffle une épaisse fumée. J'aimerais lui adresser la parole, mais je ne sais pas quoi lui dire, et je le dépasse, je continue dans Wisconsin Avenue et descends au parking souterrain. J'ai dans ma poche deux billets pour le concert, je vérifie que je ne les ai pas perdus en chemin, et j'espère encore que la douleur dans son bras va se calmer.

*

Depuis son AVC, sa sensibilité s'est aiguisée, elle voit plus nettement les irrégularités autour d'elle, ou les régularités, la logique ou l'illogisme des phénomènes. Je lui ai apporté des cerises. Ensuite, elle a longuement parlé de la différence entre les guignes et les griottes.

« Les Américains ne voient pas la différence substantielle qu'il y a entre les guignes et les griottes, pour eux, tout ça, c'est des *cherries*. Est-ce que toi aussi, tu avais dans ton école une petite fille qui s'appelait Cerise ? Dans mon école, il y avait plusieurs Cerise. Mais pas une seule Guigne. Chez nous, on dit "s'en soucier comme d'une guigne", alors que les guignes sont plus sucrées que les griottes, et pourtant, c'est leur nom qui a pris un sens péjoratif, on n'appellerait jamais une petite fille Guigne, on les appelle Cerise. Cela tient sans doute à l'énergie du mot, parce que, disons, en ce qui me concerne, la pastèque est plus savoureuse que les cerises, guignes ou griottes, mais appeler une petite fille Pastèque, d'une certaine manière, ce n'est pas naturel. Je n'aime pas mon prénom – Sanja –, je ne l'ai jamais adopté, il ne me correspond pas. Je préférerais m'appeler Cerise, par exemple. Ou Prune. De tous les prénoms féminins en fruits, c'est Prune le plus joli. Il y a bien Myrtille, mais pas une seule petite fille ne s'appelle Mûre. Par contre, aucun de tous ces prénoms en fruit ou en plante n'est un prénom masculin. À part Hyacinthe. Si tant est que ça vienne du mot jacinthe. C'est probablement le cas, je ne vois pas ce que ça pourrait être d'autre. Ça peut aussi être un prénom féminin – Hyacinthe. Je dis n'importe quoi ! Il y a aussi Jasmin, comme la fleur. Et il y a peut-être encore d'autres prénoms d'origine végétale que j'ai oubliés, après cet AVC… Il y a le prénom féminin Églantine, mais aucun homme ne s'appelle Églantier, alors que ça serait un joli nom. »

Nous achetons des cerises tous les deux jours. Même dans notre enfance, elles n'avaient pas ce goût. C'est une année à cerises.

*

« Au fait, il vient d'où, ton prénom ?

– De mon cousin Semezdin. En avril 1992, mon oncle Rizo, le père de Semezdin, m'a appelé de Tuzla pour me dire : "Tu écris dans les journaux… Mais n'oublie pas que tout ce que tu écris peut un jour être utilisé contre toi." En gros, il me conseillait de faire attention à ce que je disais, parce qu'en temps de guerre, on peut mourir pour des mots. "Sois prudent !" a-t-il répété plusieurs fois. C'était une conversation étrange, au début de la guerre. Et à la fin, je lui ai demandé d'où venait mon prénom. D'un Tcherkesse, m'a-t-il dit. Un Tcherkesse qui vivait à Bijeljina. C'était un musicien et un joyeux drille, dont les ancêtres avaient été au XIXe siècle chassés par les Russes de la rive orientale de la mer Noire, d'un endroit appelé Semez. Donc, ce prénom vient de la nostalgie d'un Tcherkesse pour son pays d'origine. J'aime beaucoup cette petite théorie sur mon prénom, et j'aimerais y croire, mais je n'ai pas trouvé dans les livres la moindre mention d'un endroit sur la mer Noire avec ce nom, si bien que je prends l'explication de mon oncle avec des pincettes… »

*

Tous les jours, elle regarde le même film. Cette forme d'attirance pour la répétition n'est pas nouvelle, elle est comme ça depuis la fin des années quatre-vingt, quand elle a commencé à lire un seul livre, *La Montagne magique* de Thomas Mann. Ces dix dernières années, elle a principalement regardé *Orgueil et préjugés*, toutes les adaptations cinématographiques du célèbre roman de Jane Austen. Elle l'explique en toute sincérité, elle est attirée par un monde qui n'existe plus que dans les films en costumes : « Le seul monde qui m'intéresse, c'est celui où il n'y avait pas encore de pylônes électriques. »

« Qu'est-ce que tu vas faire aujourd'hui ?

– Je vais regarder mon film… Ne ris pas. Je pense que c'est une qualité. Les gens se désintéressent facilement, ils se traitent mutuellement comme des nouveautés et se lassent vite les uns des autres. Je suis fidèle à mon film. Je suis constante dans mes choix. »

Le film qu'elle regarde compulsivement parle d'un couple de patineurs sur glace, parce que le froid des images de neige et de glace lui fait du bien : depuis son AVC, elle a des bouffées de chaleur dans la moitié droite de son corps, particulièrement dans son bras droit. Et chaque fois qu'elle le regarde, le film fait office de climatisation dans sa chambre.

*

« Tout ce que je vois, c'est comme dans un rêve… » C'est toujours la première phrase qu'elle prononce quand nous sortons. « Je ne suis pas sûre que ce que je vois soit vraiment réel. Ou alors c'est moi qui invente ? Je n'arrête pas de me dire que c'est un rêve, que je vais me réveiller, et que tout sera comme avant. » Elle ne se souvient pas. Elle sait qu'elle a fait un AVC, parce qu'on le lui a répété tant de fois, et elle le sait aussi aux conséquences qu'elle ressent (une pression dans la partie droite de son corps). Elle n'en a pas moins du mal à croire que ça lui est vraiment arrivé, parce qu'elle ne se souvient pas de l'événement en lui-même. Elle revit sans cesse cet état matinal dans lequel nous essayons en vain de nous remémorer le rêve que nous avons fait la nuit passée. Ou inversement, comme si tout était un rêve dont elle allait se réveiller d'un moment à l'autre. Elle est prisonnière du rêve d'un autre.

*

Samedi dernier, à la piscine, j'étais assis à une table à l'ombre d'un parasol. Sanja était dans l'eau ; j'ai entendu sa voix et j'ai cru qu'elle m'appelait. Je me suis levé, je suis sorti de l'ombre et je l'ai vue discuter avec un nageur qui disait :

« C'est une piscine !

– Oui, c'est une piscine, mais tu n'es pas tout seul ! »

Je m'approche du bord de la piscine en question, je demande :

« Qu'est-ce qui s'est passé ?

– Rien, a-t-elle dit, il éclabousse juste tout le monde en nageant. »

Je me suis prudemment laissé tomber dans l'eau, même si je n'avais pas particulièrement envie de nager. L'homme s'est redressé, a remonté ses lunettes de natation au sommet de son crâne et m'a regardé, et j'étais suffisamment près pour voir le tatouage sur son épaule, un poing avec le majeur dressé. C'est son message de révolte envers le monde. Le tatouage explique également son attitude arrogante envers Sanja. Il arbore à la face du monde entier, y compris moi qui nage dans sa direction, son doigt d'honneur tatoué. Un tatouage à l'ancienne bleu indigo, ou plutôt un signe menaçant dessiné à l'aiguille sur sa peau. Avant que j'aie eu le temps de le rejoindre, il s'est retourné et s'est lentement dandiné jusqu'au bord de la piscine, est sorti d'un bond énergique, éclaboussant tout autour de lui, et est retourné à sa chaise longue. « Voyez-vous ça ! Il est parti la queue entre les jambes », a-t-elle lancé. J'étais venu juste pour la rassurer, et faire barrière de mon corps contre l'eau que les autres projettent. Elle le suivait du regard d'un air triomphant, et j'ai senti se réveiller ma fierté masculine.

Et ce soir, nous traversions le parking quand nous avons croisé un couple. Bronzés, ils revenaient de la piscine en fumant. C'est lui, c'est ce jeune homme avec un tatouage qui fait un doigt d'honneur au monde entier. Le parfum agréable de la fumée de tabac est resté en suspension dans leur sillage. Sanja s'est arrêtée et s'est retournée pour les regarder s'éloigner. Et elle a fermé les yeux, comme si elle essayait de se souvenir, ou alors, elle humait tout simplement la fumée dans l'air. Puis elle s'est ressaisie, et m'a emboîté le pas.

*

C'est une vraie petite fille ! Nous sommes à la piscine ; allongée sur le ventre sur la chaise longue, elle regarde un cortège de fourmis qui progresse sur le joint entre deux dalles de ciment, elle a interposé son doigt, et attend de voir si elles vont se mettre à grimper sur sa main. Mais les fourmis font un détour pour éviter son doigt. Et je dis :

« Tu sais, Jules Renard a une histoire très courte sur les fourmis, tu veux que je te la raconte ?

– Allez.

– Il dit que toutes les fourmis ressemblent au chiffre 3. Et il y en a tellement ! 3 3 3 3 3 3 3 3 3 3 3 3 3 3 3 3 3 3 3 3… à l'infini… »

Elle se tait. Et je ne sais pas si elle a aimé ma version de l'histoire de Jules Renard. En général, elle est loquace, mais parfois (et ça arrive de plus en plus souvent), elle se renferme complètement sur elle-même, et il n'y a aucun moyen de la faire parler.

*

Après mon infarctus (novembre 2010), le docteur a dit que « je m'en étais tiré pour cette fois », mais que si je finissais à nouveau chez lui, je ne ressortirais pas vivant de l'hôpital. Il m'a expliqué qu'il y avait cinq choses auxquelles je devais renoncer, et les a énumérées sur les doigts de sa main gauche : 1. la cigarette, 2. la cigarette, 3. la cigarette, 4. la cigarette, 5. la cigarette. Sanja a pris cette explication au pied de la lettre, et je n'ai pas eu le choix, j'ai dû arrêter de fumer. Quatre ans plus tard, dans l'appartement d'Ivica Puljić, j'ai allumé un cigare et j'ai crapoté un peu, c'était une belle soirée, joyeuse, beaucoup d'êtres chers et passionnants, mais ensuite, Sanja m'a aperçu dans un nuage de fumée et elle s'est mise dans tous ses états, elle m'a hurlé dessus et a fondu en larmes, elle est sortie de l'appartement en courant, à minuit, je l'ai suivie, et nos amis sont restés pétrifiés, sous le choc. Le lendemain matin, ils ont appelé pour s'excuser, comme s'ils étaient responsables de mon crapotage.

Le mois dernier, Obama était à Cuba, et mes collègues de travail se sont rendus à La Havane pour couvrir cette visite historique du président des États-Unis. Alors qu'ils se préparaient à partir, H. m'a demandé ce que je voulais qu'elle me rapporte, et j'ai dit des Cohiba. Je l'ai dit par habitude, plus par besoin de lui confier une mission impossible, car il est encore interdit de passer la frontière américaine avec des cigares cubains. Mais H., à ses risques et périls, mêlée au groupe de journalistes qui escortaient Obama, m'a rapporté un coffret en bois avec vingt-cinq Cohiba. Je ne sais pas qui de nous deux était le plus content, moi quand j'ai reçu mon cadeau, ou elle d'avoir réussi à me faire passer des cigares en contrebande. Quand je suis rentré à la maison avec le coffret, Sanja s'est emportée, qu'est-ce que c'était que ça encore, est-ce que j'avais recommencé à fumer ? Mais non, ce sont des cigares, ça se crapote, la fumée n'entre pas dans les poumons, ce n'est pas dangereux. Hors de question ! Et j'ai obtempéré : d'accord, la boîte servira juste de décoration sur mon bureau, et j'offrirai les cigares à mes amis, je les distribuerai tous jusqu'au dernier. Malgré tout, elle gardait toujours un œil sur le coffret, l'ouvrait en cachette et comptait les cigares, et moi, le matin, j'en emportais un dans un petit sachet de congélation, arguant que c'était un cadeau pour Ivica, Asim ou Santiago ; à la fin de la journée, elle me reniflait pour vérifier si je sentais le tabac.

Chaque fois qu'on mentionne le mot « crapoter », je pense à Mirko Kovač. Il n'avait jamais fumé, m'avait-il confié, il n'aimait pas le goût du tabac, tout simplement. Mais une fois, dans un hôtel à Moscou, l'un de ses amis, un réalisateur de cinéma, avait ouvert devant lui une boîte de cigares spécialement confectionnés à Cuba pour le président yougoslave. Chaque cigare portait sur sa bague dorée l'inscription « TITO ». « Je devais essayer, voir quel goût avait un cigare qui s'appelait Tito ! Mais je ne savais pas que les cigares se crapotaient, que leur fumée ne s'aspirait pas dans les poumons. J'ai tiré trois bouffées, et je me suis évanoui. »

Depuis que nous sommes rentrés de l'hôpital, elle regarde le coffret en bois d'un air soupçonneux, et ne se rappelle pas comment les cigares cubains sont arrivés sur mon bureau. Elle ne se rappelle pas non plus ses angoisses. Elle a ouvert la boîte et constaté que les cigares restants étaient en train de sécher à l'air ambiant, et elle a dit : « On devrait peut-être mettre deux feuilles de chou dans la boîte… ? » (Chez nous, on « rafraîchissait » le tabac sec avec une feuille de chou vert.)

*

Je me souviens, le 4 septembre 2012, j'étais à Zagreb et j'ai vu Kovač, il était malade et devait aller le lendemain passer de nouveaux examens médicaux. Au restaurant, pendant le dîner, il testait un nouveau sujet sur ses auditeurs, il parlait de son expérience de malade et de l'hôpital, car sa « nouvelle réalité » lui avait fourni des scènes uniques qu'il aimerait beaucoup raconter. « À l'hôpital, avait-il dit, j'ai vu au service d'oncologie deux malades amoureux, un homme et une femme, s'embrasser passionnément, et leurs bonbonnes d'oxygène en métal se cognaient en résonnant… »

*

Elle est toujours triste quand elle se remémore sa jeunesse. Aujourd'hui, nous allions au restaurant en voiture, une chanson des années quatre-vingt (« Every Breath You Take ») passait à la radio, et elle a fondu en larmes. Une fois calmée, elle a demandé : « Chez nous, on appelait les disques vinyles des *galettes*, c'est bien ça ? » Elle se souvient de la langue.

*

Nous menons une vie solitaire, nous n'avons pas beaucoup d'amis ici, ils se comptent sur les doigts d'une main. Ils viennent parfois nous rendre visite. Aujourd'hui, son amie américaine Kendra est sortie de l'ascenseur, et j'ai ouvert la porte de l'appartement pour l'accueillir, mais la distance entre nous est grande, l'ascenseur est loin de notre porte, le couloir est rectiligne et infini, je l'ai saluée de la main, mais elle n'a pas fait signe qu'elle m'avait vu. C'est notre couloir. J'étais trop loin pour qu'elle me voie, elle a marché longtemps de l'ascenseur à notre porte, et quand elle a été tout près, j'ai vu qu'elle portait devant elle un petit pot de fleurs, des arums blancs très élégants.

Sanja n'aime pas qu'on lui offre des fleurs qui ne sont pas dans un pot. Pour elle, les fleurs dont on coupe les tiges vertes pour les mettre dans un vase avec de l'eau sont « ravagées ». Des fleurs mortes. Quand elle offre des fleurs, c'est toujours dans un pot, avec de la terre autour des racines et des instructions d'entretien. Ça a toujours été le cas, depuis que je la connais. « C'est grossier d'offrir des fleurs mortes à un malade. Imagine qu'en guise de marque d'attention, ou d'amour, on d'amitié, on s'offre les uns aux autres des oiseaux morts ? »

*

Dans l'immeuble d'en face, quatre jeunes Arabes sur le balcon, ça fait déjà trois nuits qu'ils font la fête jusqu'au matin. Ils ont deux narguilés sur la table, parlent fort, rient et chantent. J'imagine qu'ils viennent d'arriver dans le pays et qu'ils ne connaissent pas encore les règles sur le tapage nocturne, ici, on ne chante pas à tue-tête sur son balcon. La nuit dernière, ce n'était pas eux que j'écoutais, mais la respiration de Sanja ; j'ai envisagé, s'ils la réveillaient, d'appeler la police. Même si j'aurais préféré que quelqu'un d'autre le fasse à ma place, car quand la police arriverait et découvrirait comment ils s'appellent, ils les arrêteraient certainement comme de potentiels terroristes. Puis, ce soir, j'ai entendu une voiture de police sous leur balcon, et maintenant, ils se sont calmés. Je viens de jeter un œil par la fenêtre : torse nu, ils fument le narguilé, parlent à voix basse, chantent peut-être en chuchotant, et aux mouvements de leurs mains, on dirait que ce sont des rappeurs…

*

Il y a toujours trop de pain à la maison, elle en fait des croûtons pour mes salades, mais il y en a quand même plus que ce qu'il nous faut. Ça, c'est à cause des privations de la guerre. Il faut toujours avoir des réserves de nourriture à la maison, au cas où. Quand j'emporte les restes de pain vers la poubelle, elle proteste : « On ne jette pas le pain ! » Elle ne jette jamais le pain, elle l'émiette et le donne aux oiseaux. Et maintenant, c'est moi qui vais jeter les miettes dans le parc à sa place. Ce soir, je dis, je n'ai pas vu d'oiseaux venir manger, juste des écureuils, et des chiens quand leurs maîtres les sortent. Et elle dit : « Tant mieux pour eux, qu'ils mangent, tous les animaux sont des oiseaux, s'ils se nourrissent de miettes. »

*

Elle dort, et quand elle se réveille, elle se lève et va fouiller dans le frigo. Ce sont des fringales qui remontent à l'hôpital. Et ça se voit déjà sur son corps, elle a grossi. J'ai filmé une petite vidéo de dix secondes sur mon téléphone, je la lui montre prudemment, tu vois, et elle balaie ma remarque du revers de la main : « On prend toujours huit kilos à la caméra. » Ça fait des éternités que je n'avais pas entendu ça ! C'était ce qu'on disait dans les années soixante et soixante-dix, quand il n'y avait de caméras que pour la télévision, etc. À l'écran, le corps humain, je ne sais pas avec quelle balance ils ont calculé ça, fait huit kilos de plus que dans la réalité. Si je m'oppose à ce qu'elle mange quelque chose qu'elle ne devrait pas, elle s'attriste et dit : « Tu m'affames. » Et je n'ai pas le cœur de la priver…

« Tu te souviens, quand tu nourrissais les oiseaux autour du bassin dans la cour du bâtiment où tu travailles ?

– Oui, mais je ne savais pas que c'étaient des oiseaux migrateurs. Ensuite, ils ont grossi, et ils n'ont pas pu s'envoler vers le sud. »

*

Elle refuse de sortir, et cherche sans cesse une excuse pour retourner au lit. « C'est l'heure de dormir. Ça m'a toujours intéressée, cet état d'hibernation dans lequel tu n'es ni mort ni vivant. Le cerveau se déconnecte et se repose. Le cerveau est un être qui vit à l'intérieur de nous. Je sais que ce n'est pas vrai d'un point de vue biologique, mais je trouve ça intéressant de voir les choses comme ça. Et ça fait toujours du bien de dormir. Pas toujours, à cause des cauchemars, mais la plupart du temps, si, car si ce n'était pas le cas, nous aurions sans doute une grande répugnance à nous abandonner à un état dans lequel notre conscience se déconnecte, ce qui est le plus proche de la mort. Si mourir était comme s'endormir, les gens seraient peut-être plus bienveillants les uns envers les autres, et il y aurait moins de problèmes dans nos vies. Car la vie serait belle et simple, si les gens arrêtaient de se la compliquer mutuellement. Et il y aurait moins d'attaques, et de crises cardiaques… »

*

Nous passons beaucoup de temps à nous remémorer le passé, pour vérifier ce que nous avons oublié. Nous établissons sans cesse des listes, nous nous rappelons les livres, les chansons et les films importants. « Je me souviens que pour le Nouvel An, nous étions allés voir *Orgueil et préjugés* dans un petit cinéma. Il faisait grand soleil quand nous sommes entrés dans la salle, et quand nous sommes ressortis, il neigeait ! » Moi aussi, je me souviens de cette neige.

Plus de dix ans se sont écoulés depuis.

Nous avons suffisamment de temps, si bien que chaque jour, nous rafraîchissons nos souvenirs des mêmes événements. Et il y a toujours un moment où elle me demande : « Dis-moi, qui est mort, chez les gens qu'on connaît ? » Je n'aime pas cette question, car je sais quelle anxiété mes réponses vont susciter, nombre de nos proches sont morts au cours des dernières années. Chaque jour, je tourne mes réponses autrement, pour qu'elles soient moins stressantes pour elle, mais ça n'aide pas beaucoup. Elle revit toujours à nouveau, avec la même intensité, la nouvelle de la même mort. Cette multiplication des événements, tel le reflet d'un corps humain dans deux miroirs placés l'un en face de l'autre, finira, j'en ai bien peur, par la dévaster complètement. Chaque jour, comme si c'était la première fois, elle apprend la mort d'êtres chers. J'ai envisagé d'arrêter de mentionner les morts. Mais si je commence à lui passer ces malheurs sous silence, elle ne me le pardonnera pas le jour où elle recouvrera la mémoire. Et je suis convaincu qu'elle finira par sortir de l'oubli, comme on sort de la pénombre d'un cinéma pour retrouver la lumière d'une rue animée.

*

« Nous avons tous les deux fait une *attaque*, dit-elle. Harun est l'enfant de parents *attaqués.* »

*

Samedi, nous sommes à la piscine, étendus sur des chaises longues, les yeux mi-clos dans l'ombre d'un jeune arbre. Quand les branches se courbent dans le vent, elles se rapprochent de notre visage. Nous regardons cette frondaison et ses minuscules feuilles vertes, de temps en temps, le soleil scintille au travers. Nous sommes allongés. Le bruissement des feuilles, le clapotis de l'eau. Puis elle dit :

« J'ai toujours aimé regarder le soleil entre les feuilles. Quand j'étais à la crèche, il y avait des acacias dans la cour. Et maintenant, c'est comme si je regardais entre les feuilles de ces acacias. C'est quoi, cet arbre ?

– Je ne sais pas.

– Enfants, on mangeait les fleurs des acacias. »

J'ai ensuite pris avec mon téléphone une courte vidéo des feuilles mouvantes au-dessus de nous, une vingtaine de secondes, puis j'ai lentement dirigé le téléphone vers elle, et j'ai filmé un peu son visage, trois, quatre secondes, avant d'arrêter.

Et je lui ai montré la vidéo. À ce que nous pouvions voir sur l'écran avec les reflets de la lumière du jour, le film nous a semblé beau. Quand nous sommes rentrés à la maison, j'ai visionné attentivement la vidéo, et j'ai fait « pause » sur le moment où elle tourne son visage vers le téléphone et me regarde. Et maintenant, ce regard me poursuit ! Tant de douceur, tant de résignation et d'absence de vanité, de désir de poser, un tel renoncement à tout… Si triste et si beau ! Nous sommes restés deux heures à la piscine, et elle était contente d'être là, même si l'eau était froide ; elle s'est élancée, pleine d'enthousiasme, vers le rebord du bassin, mais après avoir trempé son gros orteil dans l'eau, elle a renoncé à se baigner. Plus tôt, alors que nous traversions le parking devant le bâtiment pour aller à la piscine, elle s'était vraiment réjouie. « Je me sens plus à l'aise dans l'eau. L'eau est mon élément naturel. Qui sait, une de mes grand-mères était peut-être une sirène ! » Je croyais qu'elle était heureuse. Mais ensuite, l'objectif froid de la caméra m'a révélé son regard… Comment consoler une personne avec un tel regard ?

*

Parfois, quand elle est joyeuse comme aujourd'hui, elle dit qu'oublier ne la dérange pas, ou que c'est moins un problème que la pression qu'elle ressent dans son bras droit.

« Je ne pense pas qu'il y ait eu dans ma vie d'événements si importants qu'il faille absolument s'en souvenir. D'ailleurs, on ne se souvient pas de sa naissance, alors que ça devrait être un des événements les plus importants. Si seulement ma main pouvait arrêter de me faire mal… L'oubli, ça ne fait pas mal… »

*

Les questions que nous réitérons chaque matin. « Quel jour on est ? » ; « Quelle année ? » ; « Quel mois ? » Dehors, le vent dit juiiiiiiiiin.

*

Sur Internet, elle ouvre des pages au hasard, et enquête sur ce qu'elle a oublié, et sur ce dont elle se souvient encore. À cause de son problème de vue, elle se fatigue vite ; parfois, elle est ébranlée par ce qu'elle lit, et parfois, ce qu'elle y trouve la réjouit. Elle a trouvé dans un dictionnaire en ligne le mot « clapet », la sonorité du mot et sa définition la font rire. Clapet : élément en partie mobile adapté à un orifice pour permettre ou empêcher le passage d'un fluide. « En Bosnie, les hommes disaient aux femmes : *Ferme ton clapet !* Imagine : ferme ton élément en partie mobile adapté à un orifice pour permettre ou empêcher le passage d'un fluide ! »

De manière générale, ces derniers jours, elle divise souvent le monde entre sa partie masculine et sa partie féminine, et elle défend son sexe. Elle regarde sur Internet des photographies de la fin du XIXe siècle et du début du XXe, et dit : « Ce n'est pas pour prêcher pour ma paroisse, mais regarde-moi de quoi les hommes ont l'air dans l'histoire ! Concentre-toi sur les types à barbe et moustaches. Combien de temps est passé depuis que, disons, les moustaches de François-Joseph étaient à la mode ? Un empereur, et avoir ce truc sur le visage (elle tapote l'écran de l'iPad du bout de l'index), ces favoris et ces moustaches qui se rejoignent, on dirait un nid d'oiseau raté. Il faudrait ratiboiser tout ça, pour son bien. D'ailleurs, tu sais qu'à l'origine, ratiboiser, ça ne vient pas du mot “bois”, mais de *bosen*, “faire du mal” en vieil allemand, la langue de l'empereur François-Joseph. Il faudrait voyager dans le temps, des origines du monde à nos jours, et ratiboiser toutes les barbes et les moustaches des hommes. »

*

À la piscine. Dans l'arbre au-dessus de nos chaises longues, un écureuil. Nous le regardons, et il me semble qu'il nous regarde aussi. Et Sanja dit : « Si ça se trouve, les molécules d'eau dans le corps de cet écureuil ont un jour été dans le corps de Léonard de Vinci ! »

*

Elle a, dit-elle, une envie de grenades. Je suis allé au centre commercial, et ai acheté six grosses grenades. Quand je les ai rapportées à la maison, elle a dit : « C'est trop. Qui va manger tout ça ? Et elles sont déjà trop mûres… » Elle les a ignorées pendant deux jours, mais aujourd'hui, elle en a ouvert une. L'écorce a craqué si facilement ! Et c'est un samedi ensoleillé dans notre salon, et la lumière vive inonde la perfection des graines rouges dans le fruit à peine ouvert.

« Dieu était vraiment inspiré le jour où il a créé la grenade. *So, he had a good day!* » Elle égrène le fruit et reprend : « Il est complètement illogique que Dieu soit un homme, les hommes n'accouchent pas. La religion est la preuve que le mensonge est inhérent à l'imagination masculine. Seul un architecte féminin pouvait inventer la grenade. Une architecte. »

Elle parle, parle. J'interviens dans les brèves pauses entre ses phrases, et je répète : « Je sais, je sais. » Et elle dit : « Je sais que tu sais, mais il faut bien que je dise quelque chose. »

*

Aujourd'hui, elle m'apprend à cuisiner. Nous nous bousculons autour de la gazinière, nous nous battons pour un espace qui était auparavant exclusivement le sien, et qui est à présent aussi un peu le mien. Elle dit : « Il n'y a que dans le *sogan-dolma*, l'oignon farci, qu'on traite l'oignon avec un tant soit peu de respect. En général, on l'émince dans les plats, on le traite en condiment. Il n'y a que dans le *sogan-dolma* que toute l'architecture du plat repose sur lui, sur sa forme... » Je suis docilement toutes ses instructions. Elle inspecte les boîtes d'épices ; depuis des années, elle remplit ces pittoresques flacons en verre d'aromates, dont elle redécouvre à présent les parfums. Elle tient sur sa paume ouverte une feuille séchée de couleur olivâtre et, comme si elle venait de s'en souvenir, elle dit : « J'ai toujours aimé les plats dans lesquels on met une feuille de laurier... »

Elle s'est remise à cuisiner. Elle fait des loukoums. Elle a de la farine jusque sur les chaussettes.

*

J'apportais au travail le déjeuner qu'elle m'avait préparé, en général une salade, mais elle ne coupait jamais complètement les légumes, pour qu'ils ne perdent pas leur fraîcheur, je devais finir le travail plus tard, ce pourquoi elle ajoutait dans mon sac, avec le Tupperware, un couteau, tout en métal, mais peint en orange, si bien qu'au premier abord, il semblait être en plastique, même s'il était très coupant. L'année dernière, je me rendais à Boston, je venais de passer le scanner corporel à l'aéroport, je me suis retourné pour attendre mes bagages, et c'est alors que j'ai vu sur l'écran devant l'agent de sécurité l'intérieur de mon sac avec… le couteau ! Sur l'écran, le scan ressemblait à un dessin en noir et blanc parfait, sur lequel mon couteau avait l'air très menaçant. Et voilà, un musulman avec un couteau à l'aéroport ! Plusieurs agents en uniforme bleu se sont pressés autour de moi, et j'ai dit : « C'est pour ma salade. » Ils m'ont poliment expliqué que je ne pouvais pas monter dans l'avion avec cet objet, et que j'avais deux possibilités : jeter le couteau à la poubelle, ou le faire envoyer à mon adresse. Ils m'ont donné une enveloppe cartonnée FedEx, j'ai rempli tous les formulaires nécessaires, mis le couteau dans l'enveloppe, collé le rebord, et confié le paquet à l'aimable agent. Une fois dans l'avion, j'ai appelé Sanja pour lui raconter ce qui m'était arrivé, et elle a dit : « Tu as eu de la chance de ne pas finir en prison ! » Et elle a ajouté que nous ne devrions pas ouvrir l'enveloppe, si jamais elle arrivait. Nous devrions la conserver, fermée, comme un objet d'art ou une capsule temporelle.

*

La veille du jour où je l'ai ramenée de l'hôpital, je suis passé à l'appartement pour préparer son arrivée : j'ai fait le ménage, la vaisselle, passé l'aspirateur. Derrière le canapé, j'ai aperçu une araignée minuscule, un araignon, elle était si petite qu'elle n'aurait pas survécu à mon contact. Je l'ai laissée filer son minuscule fil. Deux semaines se sont écoulées depuis, Sanja vient de se réveiller sur le canapé, avec sur le front la marque rouge d'une morsure d'araignée ! Et maintenant, elle fait une réaction allergique. C'est la règle dans notre relation. Tout ce qui lui arrive, d'une manière ou d'une autre, c'est ma faute.

*

Plus personne ne nous rend visite. Je n'y avais jamais réfléchi avant, mais c'est évident à présent : les gens ont peur des malades.

*

Une des questions qu'elle pose le plus souvent : « Comment est-ce qu'Harun a vécu tout ça ? » Je lui dis que son fils a passé une dizaine de jours chez nous en avril. Je suis habitué à sa question, j'ai une réponse toute prête qui la surprend toujours beaucoup, car elle a tout oublié, puis elle me demande toujours la même chose : « Et est-ce qu'il m'a prise dans ses bras en arrivant ? » Elle me demande ça avec un tel sérieux, et attend ma réponse avec une telle concentration, comme si l'embrassade était un test infaillible de l'amour filial.

*

Notre fils et ses photos. Quand nous avons déménagé dans cet appartement, elle a fait encadrer quatre photos de son choix. Moi aussi, j'avais des suggestions, mais elle les a immédiatement balayées, car les sujets représentés « n'apportaient pas une bonne énergie dans la pièce » ; par exemple, la photo d'Harun que je préfère représente une jeune fille en rouge, à côté d'un grand feu. Elle a hésité, avant de finir par avouer qu'elle ne voulait pas « accrocher du feu » au mur de la chambre. En face de notre lit, il y a une photo sur laquelle une jeune fille est assise au bord d'un haut bâtiment, ses pieds nus pendent dans le vide, et dessous, il y a la route 66, et un panneau de circulation vert qui indique les directions Pentagon City, Crystal City et Alexandria. Le fleuve croise la route, on voit tous les ponts sauf le Key Bridge, et au loin la tour de l'aéroport (DCA). Ces vingt dernières années, c'est la route que je prends pour aller au travail. J'ai tourné tant de fois vers Alexandria précisément à ce carrefour ! J'ai traversé tant de fois chacun de ces ponts, à toute heure du jour et à toutes les saisons. Aucun lieu au monde n'est à ce point imprimé dans mon corps que ce panorama que je regarde, étendu, de mon lit. Avant, en regardant cette photographie, je me concentrais sur l'arrière-plan de l'image et sur ces routes bien connues, mais à présent, cette fille assise au bord d'un haut bâtiment à Rosslyn me trouble. Ses cheveux couvrent son visage. Elle porte une robe (de mariée ?) qui est vraisemblablement blanche, mais à cause de la lumière du matin (ou du soir ?), le tissu prend des reflets violets. Je n'y avais jamais pensé avant, mais cette jeune femme pourrait être Sanja à la fin de la vingtaine, ou au début de la trentaine. Il est tout à fait possible qu'elle se soit identifiée à elle, et que ce soit pour cette raison qu'elle ait choisi cette photographie et l'ait accrochée à un endroit important, d'où elle peut la voir chaque fois qu'elle s'apprête à sombrer dans le sommeil. Elle ne voulait pas accrocher au mur la photo d'une jeune fille à côté d'un feu (par peur d'une « énergie » négative dans la chambre), mais elle a choisi une jeune fille assise au bord du vide ; à quoi a-t-elle renoncé ?

*

« Je n'ai pas envie de retourner au travail. J'ai étudié la philosophie, mais ça ne m'a servi à rien. J'ai occupé des postes ennuyeux, bureaucratiques. Maintenant, j'aimerais changer de métier.

– Et qu'est-ce que tu aimerais faire...?

– J'aimerais être gardienne de dragons. Je sais que les dragons n'existent pas, mais on peut aussi être gardien de créatures fantastiques. Eux aussi, ils ont besoin d'être protégés. »

*

Après notre rendez-vous chez le médecin, sur le chemin du retour, nous nous sommes arrêtés au Starbucks sur Bailey's Crossroads. Il fut un temps où nous y allions souvent, à l'époque où nous habitions à côté de ce café, fréquenté principalement par des immigrants africains. Je l'ai regardée s'arrêter devant la porte des toilettes pour femmes qui étaient, manifestement, fermées, et attendre patiemment. Elle fait toujours ça, comme si c'était un rituel religieux : Sanja va se laver les mains. Après une minute ou deux, la porte s'est ouverte, et j'ai vu une jeune fille en sortir, elle pouvait avoir dix-neuf, vingt ans ; immédiatement suivie d'un jeune homme. Ce n'est pas une scène très courante ici, dans l'Amérique puritaine, de voir un homme sortir d'un espace réservé aux femmes. Sanja s'est tournée vers moi et a écarté les bras en souriant. La jeune fille souriait aussi, mais c'était pour dissimuler son trouble, ou plutôt sa honte, car elle avait été surprise en train de faire quelque chose de publiquement réprouvé et, comme si elle avait ressenti le besoin de se cacher, elle s'est dirigée vers le présentoir avec les journaux du jour en regardant droit devant elle, et s'est absorbée dans la contemplation de la Une du *New York Times* ; le jeune homme l'a rejointe, et ils se sont rapidement faufilés hors du café. Les amoureux sont de jeunes

Arabes (le visage de la jeune fille était ceint d'un foulard en soie grise).

Ensuite, nous buvons notre café en souriant, sans mentionner l'épisode qui a suscité cette bonne humeur. « Tout va bien se passer », je dis. Tout va s'arranger. Et de temps en temps, je me tourne vers le présentoir à journaux, et je regarde cette photo en Une du *New York Times*.

Sur la photo, un pont branlant en vieilles planches de bois brut décrit un léger arc au-dessus d'un ruisseau, du bras d'une rivière ou de la mer, des plantes aquatiques tropicales poussent le long du rivage. Au premier plan, une fillette de trois ans est assise, en débardeur gris clair et short de la même couleur, ses pieds sont écartés, mais ses genoux se touchent, si bien que le corps de l'enfant dessine la forme de la lettre X. Elle tripote du bout des doigts une petite fleur orange, qu'elle fixe comme pour s'y cacher, et il est évident qu'elle est gênée d'être prise en photo. Le pont mène vers une maison sans porte. Un chat blanc avec la queue et les oreilles noires (il tourne le dos à l'objectif) s'est arrêté au milieu du pont, a tourné la tête et regarde la petite fille. Il y a quelque chose d'inconsolable dans la pose de la fillette, et dans le regard que lui jette le chat. (Le titre sous la photographie est *Resettling the First American « Climate Refugees »*.)

*

Elle s'est remise à lire, elle dit qu'elle doit s'informer sur ce qui se passe dans le monde, mais ses problèmes de vue la ralentissent, elle ne reste pas longtemps devant l'ordinateur, ça la rend nerveuse. Elle lit les informations sur Internet, puis elle dit : « *Dans les journaux*, ils disent que... »

Jusqu'à ce soir, je n'étais pas certain qu'elle suive vraiment les informations quotidiennes. Nous étions en train de regarder un film (*La Magie de l'amour*, une histoire d'amour pendant la Seconde Guerre mondiale produite par Hallmark Channel) avec des plans d'un camp de concentration, les prisonniers étaient japonais, en réalité, ils étaient nés ici, c'étaient des Américains, la plupart d'entre eux n'avaient jamais vu le Japon, leur seul « péché », c'était leurs origines ethniques. Et tandis que nous regardions ces scènes, elle a dit : « Si Trump remporte les élections, ils ouvriront des camps pour les musulmans ! »

Nous sommes habités d'une peur peut-être infondée. À l'automne et l'hiver 2001, ici, les musulmans étaient suspects, la police les suivait, les arrêtait. Une fois, nous revenions de faire les courses, quand nous avions aperçu devant l'entrée de notre immeuble plusieurs voitures de police toutes portes ouvertes ; nous entendions les crachotements des talkies-walkies des agents, et elle a dit : « Ils sont venus pour nous ! » Plantés de l'autre côté de la rue, des sacs plastique dans les mains, nous regardions les gyrophares rouges flotter au-dessus des voitures de police dans le crépuscule, et elle a dit : « Ils sont venus pour nous ! »

*

Elle se plaint d'avoir mal dormi la nuit dernière, car « une famille de cigales très bavardes » s'est installée sous notre fenêtre. (« Est-ce que les cigales aussi sont des immigrants illégaux dans ce pays ? »)

*

Les factures de l'hôpital ont commencé à arriver. À la fin de la journée, je suis descendu à la boîte aux lettres au rez-de-chaussée. En rentrant, je marchais dans le long couloir quand j'ai entendu des pas derrière moi. Je me suis retourné, mais il n'y avait personne. J'ai recommencé à marcher, guettant le son de mes propres pas, convaincu que c'était peut-être moi que j'avais entendu juste avant, mes propres enjambées, croyant à tort que quelqu'un me suivait. Mais les pas ont repris, accompagnés d'un halètement étouffé, comme si j'étais suivi par quelqu'un avec un chien ; je me suis retourné, personne, aussi loin que je pouvais voir, le couloir était vide. Dans notre immeuble, il y a plus de chiens que de gens. Du point de vue de l'ambiance sonore, ce bâtiment est un véritable zoo. Les pas n'ont cessé que quand j'ai ouvert la porte et suis entré dans notre appartement. Je veux croire que j'entends des bruits à cause de mon épuisement physique et mental. (« Qui est le troisième, qui marche toujours à côté de toi ? » – T. S. Eliot.)

*

« Je n'en peux plus, je suis fatiguée, je veux juste partir, rejoindre mes mémés et mes pépés, avec Mensur et Muzafera, avec Ibrahim et Fikreta ! » (Ce sont les noms de nos morts…) Ce n'est pas une solitude ordinaire que celle de celui qui a perdu tout interlocuteur, perdu la proximité de l'autre, de son corps, ce n'est pas la solitude de Robinson. C'est, j'en ai peur, cette solitude où les morts sont plus réels que les vivants.

*

Je découvre lentement que son oubli est plus profond que ce que je croyais, et sa mémoire pour le moins sélective. Il me semble qu'elle a tout oublié, à part ses peurs.

Quand nous sommes sortis de l'hôpital, j'espérais qu'une fois entourée d'objets familiers, elle allait commencer à se rappeler. Par ailleurs, j'étais absolument certain qu'elle allait à présent retenir de nouveaux événements, et se créer ainsi des souvenirs tout neufs. Une fois qu'elle serait entourée de visages connus, me disais-je, nous vaincrions l'oubli. Mais ça n'est pas encore arrivé. Les visages connus ne l'apaisent plus. « Ils se souviennent de moi à l'hôpital, mais moi, je ne m'en souviens pas. Tout le monde en sait maintenant plus sur ma vie que moi. Je suis un étranger pour moi-même. Pour moi, je suis *L'Étranger* de Camus. »

*

Manifestement, l'état de son bras droit a empiré, la sensibilité de sa main est réduite, si bien qu'elle se brûle souvent avec la flamme du gaz quand elle cuisine, ou qu'elle se coupe, ce qui est un gros problème, parce qu'elle prend des anticoagulants qui compliquent la cicatrisation des plaies. Aujourd'hui, je lui ai dit : « On a du mal à s'arrêter de saigner ! » Je lui parle au pluriel, je dis *nous* au lieu d'*elle*. Je me suis identifié à son état. Hier, j'ai acheté deux paquets de pansements de différentes tailles. Parfois, la pression dans son bras est si forte qu'elle a l'air de renoncer. Dans ces moments-là, mes attentions, même ma simple présence dans la même pièce, la dérangent. Je pars dans mon bureau, mais bien vite, la voilà qui me suit, car elle croit que je suis fâché, et elle demande : « Tu veux que je te fasse un thé ? » Et ça me dévaste.

*

Avant (« avant l'attaque »), elle défendait son droit à la solitude, elle partait dans la chambre après le dîner et regardait seule *ses* films. Quand je lui en faisais le reproche, elle me disait qu'elle avait une « nature de chat », solitaire… Mais maintenant, elle est sociable, et si je m'isole, si je suis en train d'écrire à mon bureau, elle invente de menues diversions pour m'inciter à discuter. Elle a oublié de nombreux événements du passé, elle redécouvre maintenant le monde, et fait preuve d'une curiosité enfantine : « Je peux te poser une question ? – Bien sûr. – Qu'est-ce que tu penses de Jésus ? » Elle initie les conversations par des questions inattendues. Elle demande : « Qu'est-ce que tu penses des papillons ? Moi, je les trouve beaux, mais ils font peur quand on les regarde de près… » Elle est devenue une compagnie très divertissante.

*

Une journée torride, beaucoup d'humidité dans l'air. Nous sommes partis acheter des filtres à café. Et avant que nous nous séparions sur le parking, comme j'ai les nerfs à fleur de peau à cause de cette chaleur, elle dit : « Va donc renifler des livres, fais-toi un peu plaisir ! » Elle est partie acheter les filtres, et moi, je suis entré dans une librairie et j'ai acheté un livre. *Le Scaphandre et le Papillon*, de Jean-Dominique Bauby, ça a été adapté au cinéma, un beau film, je l'ai vu il y a une dizaine d'années, et maintenant, le moment est venu de le lire. Il parle de la vie d'une personne paralysée à la suite d'un grave accident vasculaire cérébral.

Sanja ne revenait pas, et je suis allé l'aider à faire les courses. Je l'ai aperçue au rayon fruits. Je ne cesse de revivre ce moment de la *rencontre*. Je me souviens, trente ans se sont écoulés depuis, je regardais par la fenêtre de ma chambre d'étudiant au 2, rue Franjo Rački quand – la voilà ! – elle se tourne depuis la promenade Wilson vers la fenêtre par laquelle je la regarde, elle a les cheveux encore mouillés de la douche… J'imagine qu'à l'instant où je l'aperçois, la sérotonine ou un autre neurotransmetteur s'active automatiquement dans mon cerveau, parce qu'alors, mon état général connaît un changement positif. Je suis resté caché quelques minutes à la regarder choisir les fruits. L'année où j'ai fait mon infarctus, les raisins étaient délicieux, et cette année, ce sont les cerises qui sont particulièrement savoureuses. Toutes les années sont différentes. Je l'ai regardée sentir les pêches. Mais les fruits d'aujourd'hui n'ont plus d'odeur.

*

La compagnie d'assurances censée financer son congé maladie essaie de se défausser. Les chefs de l'entreprise de Sanja, où elle a travaillé dix-huit ans dans un service qui s'occupe des droits des réfugiés, ne l'ont pas appelée une seule fois depuis qu'elle a fait son AVC, son état ne les intéresse pas. Chaque fois que j'appelle la compagnie d'assurances, la standardiste m'annonce que le « cas de Sanja » est traité par une certaine Donna Pellegrini, qui va nous appeler et tout nous expliquer. Trois semaines sont passées, et Donna n'appelle pas. Ces jours-ci, Donna Pellegrini est la personne la plus importante de notre monde, et donc celle que nous mentionnons le plus souvent, même s'il est tout à fait possible qu'il s'agisse d'une personne imaginaire, inexistante.

*

Un après-midi calme au travail. Le son au minimum, j'enregistrais un discours du candidat républicain à la présidentielle, Donald Trump, quand j'ai senti quelque chose de chaud dans ma nuque. Je me suis retourné, et suis tombé nez à nez avec un pitbull couleur cendre, l'un de ceux avec des petits yeux et des pupilles rétrécies, il me regardait d'un air menaçant et grondait, ou alors, c'est ce qu'il m'a semblé à cause de la peur. Heureusement, une femme est vite arrivée dans le couloir, et a appelé le chien comme si elle s'adressait à un enfant de deux ans. Elle s'est excusée de le séparer de moi. Tout à fait : elle s'est excusée de l'emmener, convaincue que j'étais content de « m'amuser » avec son chien. Les gens aiment vraiment beaucoup les chiens ici. Dans la relation entre le chien, sa maîtresse et moi, c'est moi qui pose problème. Ce n'est pas la faute du pitbull s'il me fait peur. Ma peur des chiens est un manque d'empathie. Et les propriétaires de chiens ne peuvent voir au-delà de leur système affectif ; ils attendent du reste du monde que nous ressentions pour leurs animaux de compagnie la même attirance qu'eux, car dans le monde d'une personne qui aime, la seule unité de mesure est l'amour.

*

Les réfugiés ont deux mondes, celui d'où ils sont venus, et celui où ils sont à présent. L'antagonisme entre ces deux mondes est l'essence même de l'exil. Cette malédiction s'applique aussi à la langue : la première langue est la langue maternelle, la deuxième celle du nouveau pays. Après un

AVC, il arrive qu'une personne oublie sa langue, ou l'une de ses langues, et se mette à parler une langue complètement étrangère, avec laquelle elle n'avait jamais été en contact auparavant. Les langues de Sanja répondent présent, et elle n'a aucun problème à passer de l'une à l'autre, en ce sens, rien n'a changé. Mais l'atlas de son monde est perturbé. Parfois, elle se réveille convaincue d'être à Sarajevo. Elle dit :

– Il faudrait que je passe au bureau.

– D'accord, si tu sors par cette porte, comment vas-tu aller au travail ?

– Je prends l'ascenseur, je sors de l'immeuble, je traverse la rue, puis un grand parking, j'arrive à l'arrêt de tram, je le prends d'abord vers la gauche, puis nous tournons pour Čengić Vila…

– Nous sommes à Washington, il n'y a pas de Čengić Vila ici… »

Elle est déboussolée par son propre cauchemar, puis elle s'en sort par une pirouette : « Quelle honte ! Toute ville devrait avoir son Čengić Vila. »

*

Son médicament censé apaiser la douleur et la dépression s'appelle Lyrica. C'est ainsi que finit le monde. *This is the way the world ends*. En changeant la signification d'un mot.

*

Ils avaient annoncé le nettoyage des fenêtres de l'immeuble pour la semaine dernière. L'ouvrier est venu mardi enlever les filets de protection qui empêchent les petites bêtes d'entrer quand la fenêtre est ouverte. Mais les laveurs de vitres ont repoussé leur venue d'une semaine. Aujourd'hui, c'est samedi, et comme tout était ouvert, un moineau est entré par la fenêtre, a voleté dans la pièce, affolé, puis a fini par ressortir par une autre fenêtre. Tout s'est passé très vite. Sous l'effet du courant d'air que le petit oiseau a créé dans la pièce, une page du livre que je suis en train de lire s'est tournée.

*

Je prends des notes à la hâte, au passage, en voiture, dans l'ascenseur, à peine réveillé, car si je ne note pas tout de suite, je vais certainement oublier. Mais s'il n'y avait pas cette prise de note, s'il n'y avait pas ces instants où je m'adresse à moi-même, je pense que j'existerais moins, ou que je m'oublierais.

Chacun de ces instants existe dans un présent infini. Et pourtant, chaque mot de ce journal sera un jour oublié. Ce livre n'existera plus, et il n'y aura plus personne pour s'en souvenir.

Il existe des *NOWS*, dit Julien Barbour, il existe différents « maintenant », et tous ces « maintenant » existent simultanément, comme diverses possibilités. Et c'est tout. Rien ni personne ne passe d'un « maintenant » au « maintenant » suivant. C'est nous qui passons, pas le temps.

La vie est un vol de moineau qui est entré en voletant dans une maison par une fenêtre, et en est ressorti par une autre.

*

Il y a quinze ans, il pleuvait. Un taxi nous conduisait au Fish Market, parce que tu voulais voir le restaurant qui apparaît dans l'une des scènes de *Nuits blanches à Seattle*. Et quand nous sommes arrivés au restaurant, tu étais déçue. Dans le film, c'est un lieu plus attirant, mieux éclairé, et nous sommes entrés dans un petit bistrot poussiéreux. La différence entre le fictionnel et le non fictionnel n'est pas la même chose que la différence entre le réel et l'illusion. Dans le cas concret de ce restaurant, il s'agit d'un lieu bien réel, utilisé par le passé pour les besoins d'une histoire fictionnelle de cinéma. « Tout rend beaucoup mieux dans le film ! » t'es-tu écriée, du regret dans la voix. Quand nous sommes jeunes, nous souhaitons que notre histoire d'amour soit unique. Il aurait mieux valu que tu ne me rencontres pas, car notre relation n'avait pas l'étoffe d'une comédie romantique. Et tout est toujours mieux en film, dans le film, il n'y a pas l'odeur des poissons qui se décongèlent lentement sur les étals du grand Fish Market. La vie pue.

*

« Sem Memedinovik ! L'homme qui a une poubelle dans sa voiture ! » C'est ainsi que m'a présenté aujourd'hui mon ami Santiago, un Espagnol jovial.

C'est le besoin de Sanja de mettre tout en ordre. Surtout pas de déchets par terre. C'est pour ça que nous avons une poubelle dans notre vieille Ford Taurus.

*

Aujourd'hui, nous sommes allés à la visite médicale. Le médecin (elle est neurologue) a répété à plusieurs reprises que le fait de savoir si notre assurance santé pouvait couvrir les frais du test de mémoire était une question essentielle (le *Memory test* est, apparemment, un examen coûteux permettant d'établir l'ampleur de l'oubli). Elle a répété trois fois que c'était une « question essentielle », et Sanja a perdu patience et lui a dit que ce n'était en aucun cas une question. « Pourquoi y a-t-il Quelque chose, et pas Rien ? Ça, c'est une question essentielle ! » s'est-elle écriée.

Et le temps s'est, me semble-t-il, arrêté. Deux mois se sont écoulés depuis que Renata est venue la coiffer, et on dirait que ses cheveux ne poussent pas.

*

La seule chose de valeur dans notre appartement, ce sont les livres. Et cette bibliothèque, *handmade*, est l'œuvre d'un sculpteur américain. Elle est en bois léger, et se transporte facilement d'un endroit à l'autre. Et aujourd'hui, alors que je passais l'aspirateur, j'ai donné un coup d'épaule dans la bibliothèque, et de nombreux livres sont tombés par terre. Sanja est venue m'aider à les remettre à leur place. Et je me suis rappelé. La première fois qu'il est venu nous voir à l'hôpital, c'est précisément cette image qu'a employée Asim pour décrire l'état de Sanja après son attaque. « C'est comme si les livres étaient tombés de la bibliothèque à cause d'un tremblement de terre, a-t-il dit. Et maintenant, il faut remettre chaque livre à sa place. »

*

Trois mois se sont écoulés depuis son attaque, et ses supérieurs n'ont même pas daigné l'appeler au téléphone pour prendre de ses nouvelles et voir comment elle allait, si elle se remettait. J'imagine que c'est pourtant la politesse élémentaire partout dans le monde. J'ai eu un rendez-vous à son travail. Dans nos discussions téléphoniques et nos mails, R. (une employée des *human resources*, chez nous, ça s'appelait les « services communs », ou quelque chose dans le genre, et ici, ça s'appelle « ressources humaines ») n'arrêtait pas de me donner des réponses contradictoires, si bien que je ne pouvais pas me fier à ses explications sur les droits et les devoirs de Sanja. Bref, si je ne l'avais pas appelée hier, je n'aurais jamais su que le contrat de travail de Sanja prenait fin le 6 août. Comment ça, elle n'a pas encore posé ses jours de congé ? R. affirme qu'elle n'a pas encore reçu à ce sujet la validation de sa supérieure, qui est en vacances. Ce pour quoi j'ai demandé ce rendez-vous, pour essayer d'obtenir noir sur blanc des réponses concrètes. R. m'a laissé attendre dans le couloir, après qu'un jeune homme en uniforme à l'entrée du bâtiment de la Conférence des évêques catholiques des États-Unis m'a, sur un ton pour le moins autoritaire, donné l'ordre de m'asseoir à l'écart et d'attendre. Après un certain temps, R. est arrivée, m'a emmené dans une salle de réunion, m'a fait signe de m'asseoir, mais elle est restée debout, près de la porte. Elle a posé devant moi un papier avec des explications. Je lui ai proposé de s'asseoir, comme si j'étais l'hôte, et elle l'invitée. Et elle a répondu : non, non, elle préférait rester debout. C'était une situation étrange : je lisais, assis, et elle se tenait à distance, pétrifiée. Elle n'avait quand même pas peur que j'aie une réaction violente, au point qu'elle se sente en danger, et qu'elle reste debout pour pouvoir éventuellement prendre la fuite si jamais, furieux, je faisais un mouvement dans sa direction. J'ai insisté pour qu'elle s'assoie, parce qu'elle me rendait nerveux. Elle s'est assise à contrecœur, sa chemise était boutonnée jusqu'en haut, mais le pendentif de sa chaîne était tiré sur son col : une croix de fer allemande en or. « Are you a German? » ai-je demandé. Pour m'attirer ses bonnes grâces, je lui ai raconté que je travaillais pour la télévision allemande. Elle m'a lancé un regard froid, et a pointé du doigt le papier devant moi en guise de réponse.

Quand je suis rentré à la maison, je me suis rué sous une douche chaude. « Je n'avais jamais vu une telle froideur ! Je suis gelé de l'intérieur », dis-je à Sanja. Elle rit et rétorque : « Tu t'attendais à quoi ? C'est le Vatican ! La seule multinationale à employer officiellement une langue morte ! »

*

Sa solitude. En rentrant du travail, je cours dans l'escalier, et elle m'ouvre la porte. Elle sourit. Je pensais qu'elle guettait par la fenêtre l'arrivée sur le parking de la vieille Ford Taurus, et qu'elle allait ensuite à la porte pour m'ouvrir avant que je sonne. Mais non. Elle dit qu'elle ne regarde pas par la fenêtre, mais qu'elle attend à la porte et regarde par l'œilleton.

*

Quand je rentre du travail, nous buvons un café et nous remémorons le passé. Chaque jour. Et j'espère toujours qu'elle se soit réveillée ce matin-là en se souvenant de tout. Souvent, dans nos discussions, nous nous repassons la liste des adresses où nous avons vécu. Elle se souvient de certains de nos séjours, d'autres non. Nous avons vécu quelques mois à Zagreb, et ça, disons, elle s'en souvient. Elle a quitté Sarajevo avec Harun en septembre 1995. La ville était encore assiégée, un chauffeur d'Open Society leur avait fait traverser la piste de l'aéroport et les avait conduits jusqu'à Konjic, où ils étaient montés dans un camion pour Split. Deux jours s'étaient écoulés avant que j'aie de leurs nouvelles, ils étaient déjà chez mes amis de Zagreb, Nenad et Marija, que Sanja rencontrait pour la première fois. Lors de notre brève conversation téléphonique, elle m'avait dit qu'Harun et elle allaient bien, que le voyage avait été éreintant, et qu'ils se reposaient. Et elle m'avait dit que Marija et Nenad étaient des gens bien. Je lui avais demandé : « Comment tu sais ? » Et elle avait répondu : « Parce que leur chien et leur chat vivent ensemble. »

*

Elle supporte de moins en moins bien la solitude. Nous avons décidé de nous mettre à l'espagnol, dans l'espoir de remplir ainsi ses journées d'un contenu intéressant. Depuis que je la connais, elle vante la musicalité de l'espagnol. « Mais ne me presse pas, tu as ton rythme, et j'ai le mien, je vais apprendre lentement. *Poco a poco!* » dit-elle. En réalité, elle doute que nous puissions apprendre à deux. Il fut un temps, il y a trente ans, où les différences entre nous étaient si grandes que c'est un véritable miracle que nous soyons encore ensemble. Ses souvenirs du siècle dernier sont plus intenses que ses souvenirs du XXIe siècle. Elle dit : « Nous sommes un chien et un chat qui vivent ensemble depuis déjà trente-cinq ans. » Cette rare harmonie dans les rapports entre ces ennemis naturels est importante pour elle. En règle générale, les chiens et les chats ne s'aiment pas, mais quand il arrive que, malgré tout, ils se supportent, alors, c'est une concorde qui rend ce monde meilleur. Avec le temps, nous nous sommes accordés. Ou, pour le dire plus exactement, les différences entre nous sont de plus en plus minimes. Nous nous distinguons comme le R espagnol se distingue du R français.

*

À sept heures du matin, avant de partir au travail, je lui fais un café, elle me prépare un casse-croûte, retourne se coucher, et dort encore une heure. Elle ne boit son café que quand il a refroidi. Le reste de la journée, avant mon retour, elle s'invente des tâches pour fuir la solitude. Étant donné sa propension à oublier, il est très important de remettre toujours les choses à la même place, pour qu'elle les retrouve plus facilement. Mais quand elle est seule, pour faire passer le temps, elle déplace les objets dans l'appartement, et elle change la disposition des meubles. Aujourd'hui, elle m'a envoyé un mail. Objet : *Appelle-moi.* Et dessous, l'explication dans le corps du mail : *Je ne sais pas où j'ai mis le téléphone.* Je l'ai appelée, elle a suivi la source du son dans la pièce, et a retrouvé le téléphone. L'été dernier, il s'est passé quelque chose de semblable, mais les rôles étaient inversés. Elle était à Sarajevo, je n'arrivais pas à retrouver mon téléphone, et je lui ai envoyé un mail pour qu'elle m'appelle. Elle a appelé, et le son a retenti dans la machine à laver, où je venais de déposer le jean sur lequel j'avais auparavant renversé du café. Elle a appelé à temps, et le téléphone ne s'est pas noyé dans l'eau et la lessive. C'est si simple : elle m'a appelé d'un autre continent pour me sauver de mon étourderie. Dommage qu'il n'existe pas de machine qui découvre les événements oubliés et vous les remette en mémoire.

*

Sur le chemin du travail, je reçois un message d'elle sur mon téléphone : « Tu te souviens, quand on était petits, les gamines portaient des cols en dentelle au crochet sur leurs blouses d'écolières… » Il est tôt le matin, et elle est dans sa petite enfance.

Deux heures plus tard, elle a appelé pour me dire : « J'ai repassé tous tes tee-shirts, et je les ai tous embrassés. »

Et voilà, je n'arrête pas de penser à ces baisers, comme si une centaine de chatons me chatouillaient l'âme de leurs petites pattes.

*

Nous sommes sur notre trente et un. Je roulais vers le sud sur la vaste route 66 quand la voiture a commencé à perdre de la vitesse. J'ai appuyé sur la pédale d'accélérateur, et le véhicule a accéléré avec effort. Alors, nous avons ralenti et nous sommes arrêtés sur la bande d'arrêt d'urgence. Nous sommes sortis de la Taurus, et avons contemplé la fumée grise qui s'élevait de sous le capot. J'ai eu le sentiment que d'un instant à l'autre, la fumée allait se changer en feu, et la voiture en torche. Et plus je touche la vieille Taurus, plus je suis sale. Fébrile, je m'efforce de ne pas transmettre ma nervosité à Sanja. Elle a calmé le vent dans ses cheveux en remontant ses lunettes de soleil sur sa tête ; son collier en or scintille sur son cou. Et elle est à nouveau jeune ! Je me suis touché le visage de ma main sale, et elle a essuyé la suie de mon front, m'a lissé les sourcils. Odeur de salive et souvenir d'enfance. Nous sommes déjà en retard pour là où nous sommes censés aller, et ma nervosité a complètement disparu, nous sourions, enlacés, sans savoir d'où nous est venue cette allégresse. Et ensuite, un pigeon a atterri juste à côté de notre voiture. Ce n'est pas précisément l'endroit où on voit ce genre d'oiseaux. Tu ne trouveras rien à picorer ici, petit pigeon ! Il arpente les lieux sans peur, se dandine autour de nos chaussures... Ce n'est pas un pigeon ordinaire, il a les pattes intégralement recouvertes de plumes, jusqu'aux griffes. Un pigeon botté. « Un pigeon botté », je dis, c'est comme ça qu'on les appelait dans notre enfance.

*

Main dans la main, nous avons pénétré dans la porte tambour vitrée par laquelle je suis si souvent passé ces derniers mois. Nos reflets en mouvement se brisent sur la vitre. La mélancolie de la fin de l'été. Nous prenons l'ascenseur jusqu'au quatrième étage. Nous sommes à l'hôpital, pour l'examen médical de contrôle. Nous nous asseyons et attendons. En silence, nous regardons la toile d'un peintre anonyme devant nous. Et Sanja demande : « N'est-ce pas un triste destin pour un artiste, de voir son œuvre finir au mur d'une salle d'attente d'hôpital... ? »

*

Vers minuit, dans l'appartement au-dessus du nôtre, quelqu'un bouge les meubles, et les pieds de la table râclent le plancher. Je ne sais pas pourquoi ça se répète tous les soirs. Une fois, quand le bruit était devenu insupportable, je suis monté et j'ai cogné à la porte, qui ne s'est pas ouverte. J'ignore qui vit dans l'appartement au-dessus du nôtre. Je ne sais pas pourquoi toujours, vers minuit, les meubles grincent sur le plancher au-dessus de nos têtes. Et j'aimerais le savoir. Cette agitation des locataires au-dessus de nous ne dure pas longtemps, deux, trois minutes, pas plus, et après, je prends toujours conscience du silence qui nous entoure.

Aujourd'hui, j'ai trouvé cette description dans un livre. Nous sommes en 1913, au Grand Hôtel de Cabourg : Marcel Proust a pris cinq chambres, une pour y loger, les quatre autres pour que le silence règne.

*

Elle dit : « C'est déjà le XXIe siècle, et j'ai eu une amie qui était née au XIXe siècle. »

Nous faisons souvent référence à notre âge, et nous sommes déjà complètement retombés en enfance. Je me sens plutôt paisible. Il suffit qu'elle lisse le col de ma chemise pour que, de ce simple geste, tout s'apaise dans l'univers. Le malheur nous a réduits à notre essence. Il ne reste plus rien de nous, à part l'amour.

*

Ce matin, nous sommes allés chez Tonys Auto, près de notre ancienne adresse à Alexandria, là où nous avons ces vingt dernières années fait réparer toutes nos voitures. La réparation de la Taurus aurait coûté près de 3 000 dollars, plus que la valeur du véhicule en lui-même. Nous avons renoncé à la vieille Ford, et le garagiste borgne nous a dit qu'ils pouvaient organiser son transport à la casse. J'ai récupéré mes effets personnels dans la boîte à gants devant le siège passager, principalement des papiers, des crayons et de la petite monnaie, et nous avons fait nos adieux à la Taurus. Je n'ai pas ressenti de tristesse particulière.

Quand nous avons ensuite tourné dans Fayette Street, nous nous sommes arrêtés pour laisser passer une automobile avec une caméra sur le toit et l'inscription « GOOGLE » sur les portes, ils étaient en train de filmer la rue pour l'option *Street View* sur leurs cartes. C'est précisément ici, dans l'immeuble juste derrière nous, que nous avons vécu jusqu'à il y a cinq ans, quand nous avons déménagé pour fuir des souvenirs désagréables. Après ces photos prises aujourd'hui par pur hasard, je me suis dit que nous allions être durablement immortalisés à notre ancienne adresse. Sur la photo, nous aurons le visage flouté, pour que personne ne puisse nous reconnaître et pour protéger notre vie privée. L'espace d'un instant, l'idée m'a réjoui, puis cette joie, quand j'ai pris conscience des choses, s'est muée en angoisse.

Nous avions oublié notre parapluie vert dans le coffre de la Taurus, mais nous avions la flemme de faire demi-tour.

ŒUVRES CITÉES